打开的河流

长安文心书系

陈彦 著

陕西新华出版传媒集团
陕西人民出版社

图书在版编目(CIP)数据

打开的河流 / 陈彦著. —西安: 陕西人民出版社,
2020.7

ISBN 978-7-224-13619-7

Ⅰ. ①打… Ⅱ. ①陈… Ⅲ. ①散文集—中国—当代
Ⅳ. ①I267

中国版本图书馆 CIP 数据核字(2020)第 089876 号

主　　编: 宋亚萍
策　　划: 张孔明
责任编辑: 彭　莘
整体设计: 杨亚强
绘画导师: 曹　刚
绘　　画: 蒋懿琰

打开的河流

DAKAI DE HELIU

作　　者　陈　彦
出版发行　陕西新华出版传媒集团　陕西人民出版社
　　　　　(西安市北大街 147 号　邮编:710003)
印　　刷　西安市建明工贸有限责任公司
开　　本　889mm×1194mm　1/32
印　　张　6.875
字　　数　160 千字
版　　次　2020 年 7 月第 1 版
印　　次　2020 年 7 月第 1 次印刷
书　　号　ISBN 978-7-224-13619-7
定　　价　42.00 元

目录

李若冰先生的眼睛

我跟李若冰先生是1996年12月在北京开中国文学艺术界联合会第六次全国代表大会时认识的。那以前，只是仰慕，远观，眺望，从无机会近距离接触。那次文代会，我是陕西团最年轻的代表，而李先生时任陕西省文联主席，也是代表团负责人之一。很多年过去了，我还清楚地记得，先生是住在大楼最顶头的一个房间里，门是永远轻轻掩着，谁都可以进去跟他聊几句的。我开始不敢去，想着先生是那么大的作家，又是主席，我一个小编剧，怎么敢随便去敲先生的门呢？后来，见大家都去聊，也就大着胆子，敲门进去了。当时先生正坐在沙发上看会议文件，见我进来，先生欠了欠身子，准备起来，我急忙过去，把先生挡在了沙发上。我做自我介绍说，我叫陈彦。还没等我说完，先生就说："知道，省戏曲研究院的编剧，我听杨兴（时任陕西省戏剧家协会主席）多次介绍你。我看了代表花名册，你是咱们陕西最年轻的代表啊，才三十三岁。文代会代表是很高的荣誉，祝贺你呀！"先生说话语速很慢，给我印象最深刻的是，先生始终面带微笑，尤其是那双眼睛，自始至终看着我，几乎一下都没移开，那眼神中，分明透着一种爱惜，一种欣赏，一种肯定。这对一个青年文艺家来讲，是一副多么重要的表情哪！好多年后，我还记得先生当时看我的那个眼神，我觉得那是我人生中见到的最美的一双眼睛，它充满了生命的善意，它与先生嘴里所说出的鼓励话语，是高度协和统一的。我后来常对别人讲，李若冰先生的眼睛，是清澈见底的。他在一个文艺青年三十多岁时，用最真诚、善良、恳切、清澈的眼神，激活了其创作的勇气与自信心。

文代会回来后，我与先生熟悉了，接触的机会就多了起来。后来省文联常召开一些创作会议，就老与先生见面，每次见面，先生总是要问："陈彦，最近又在写什么呢？"语速还是那么沉缓，眼睛还是那么专注地看着我，没有一丝一毫应付的意思。我就回答创作想法，他静静地听我说完后，总是要说一句："要注意生活，在生活中找故事，没有生活，写出来的东西，总是干瘪的。"有时他也会问"最近读什么书"，我一说，他会说，"都是好书哇"。他问我读过孙犁没有，我说读过。他问喜欢不，我说挺喜欢的。停顿了一会儿，他说："孙犁有生活。"因此，在我印象中，他总是在强调生活。还有一次，也是在文联开会，那时我编剧的三十二集电视剧《大树小树》，在央视一套播出后，获得了电视剧"飞天奖"、全国"五个一工程奖"；舞台剧《留下真情》也正热演着。会上，有人提到这两部作品，都给了很好的评价。先生就不紧不慢地插了一句话："陈彦有生活。他的作品来自生活。"我似乎从他一系列谈话中，触摸到了一个作家最重要的东西，那就是生活。

2001 年 12 月，我们又去参加全国第七次文代会，在出发时，他又对我说：“陈彦，你这次还是陕西最年轻的代表。”我就笑着说，不年轻了，都三十八了。他笑笑说：“够年轻的了。不过下一届，我们应该有更年轻的代表了。”我从他不紧不慢的语气中，分明感到了一种对青年文艺家成长的热望与焦虑。这次文代会，我们更熟悉了，交谈不免就多了些。那一阵，我创作的舞台剧《迟开的玫瑰》在大学校园演得正红火，并且也才刚刚获得第六届中国艺术节大奖、全国“五个一工程奖”、曹禺戏剧文学奖等，他的话题，自然就多是在这个剧上了。让我特别感动的是，他大会小会都在鼓励，几次分组讨论，也总是要点我发言，当我被突然推到文艺大家林立的场面上时，说话不免有点语无伦次，讲着自己那点创作感悟时，也显得不十分自信，常常找不到准确的表达词句。可先生总是面带微笑地看着我，直到我讲完最后一个字，目光一下也不离开，他在倾听，他在认真倾听，他在真诚倾听，不时还微微点点头，表示着他的赞赏，他的理解，他的看重。在那一刻，一个文艺青年内心燃烧的，是被组织、被师长、被文坛大匠所器重的感动。

那次开会回来，先生接受《陕西日报》采访时，再次提到我的创作，提到《迟开的玫瑰》，那篇采访发在《陕西日报》第一版右下角，我至今都记得那个版面的长条形状。这些工作，对于一个成熟的文艺家，也许已经不重要了，但对于一个正在爬坡的青年文艺家，却是不能不铭刻在心的事。因为这是一个重量级文化先贤的认同、褒扬与肯定。那段时间，省上文艺界在集中贯彻落实文代会精神，我们几乎每个星期都能见面，当他得知，我正在以上个世纪50年代上海交大西迁西安为背景创作舞台剧时，就特别关心起这件事来，先后几次问到创作进度。我说还在准备阶段，已去上海交大住了三十五天，在西安交大也住了四个多月，一边阅读，一边采访，还没找到很好的路径。他非常沉静地说：“这是一块硬骨头，啃下来了，是一个很好的东西，但对你挑战可能不小，恐怕还得从生活出发，看看有没有特别感人的生动故事。”这话我想了很长时间，我觉得这是他的经验之谈——创作，必须从生动感人的生活故事出发。当把一件事先想得很大、很玄虚，真正落地以后，不再想得太大、太玄虚时，也许路径就在眼前了。我从西迁的一个普通家庭入手，从而折射出了成千上万西迁大军的生命精神。最终，一部先叫《西部风景》，后改为《大树西迁》的舞台剧，就呈现在观众面前了。

我跟先生毕竟不是一代人，平常接触也没有到忘年交的程度，认识先生，更多的是靠阅读他的作品，最早读的是《柴达木手记》，也是他享有文坛盛誉的扛鼎之作。文坛公认，先生开了西部散文的一代先河，是西部文学的拓荒者，也是“石油文学”的奠基人之一，他始终把生命匍匐在大地上，用脚步丈量勘探出了生活的深度、广度与温度，他是真正从大西北荒漠、戈壁、森林、山川、河流里摸爬滚打出来的大作家，他的笔名就叫沙驼铃。我对先生始终怀有一种崇敬与仰望的心态，在先生去世后多年，我去先生家看望他的夫人贺抒玉老师，她也是当代一位重要作家，她与先生同样十分关心我的创作。在与贺老师的交流中得知，李若冰先生的童年、青少年时期，经历了人生的许多苦难，有些几乎是非人的磨难，以致他长大后，连准确生日都不知道，最后就以共和国的诞生日 10 月 1 日作为自己生命的开启。仰望着墙壁上先生的遗像，深深吸引我的，除一头的沧桑华发，更是那双饱含着对大地、生命、他人、亲情深深眷恋的眼睛。

对于眼睛，人类已经有太多精彩绝伦的认知，西方美术家达·芬奇说，眼睛是心灵的窗户，这个说法流传最广。我们的先贤孟子，比达·芬奇早一千多年就说过：“存乎人者，莫良于眸子。”后边的话，译成白话是这样的：“眼睛不能掩盖一个人的丑恶。心中光明正大，眼睛就明亮；心中不光明正大，眼睛就昏暗不明，躲躲闪闪。所以，听一个人说话的时候，注意观察他的眼睛，他的善恶真伪能往哪里隐藏呢？”由孟子这段话，让我想到李若冰先生的眼睛，那真是一双清亮见底的眼睛，王阳明有四个字的格言——此心光明。从李先生的眼中，就能找到这四个字的注脚。我从一个文艺青年开始，有幸阅读了这双眼睛，这双来自文学前辈、来自权威的眼睛，里面没有丝毫霸气、戾气、火气、盛气、怒气、怨气、嫉恨之气，有的只是苦难之后的大气，磨砺之后的浩气，见过了大世面、大热闹的敛气，绚烂之后的静气，经久飞翔、按落云头后的平和之气。我从他的眼睛里，读到的是欣赏、抬爱、呵护、激励、支撑、托举。那里面没有任何作秀的成分，有的，只是一种情怀，一种生命的自然呼吸，那种呼吸，甚至是不需要让别人感到心跳与脉动的。

从很大程度上讲，一代青年的自信心，来自同时代长辈、先贤与权威的眼睛。一旦这些眼睛变得自私、冷酷、绝情、狭隘、鄙视、矫情、做作、欺诈、邪僻、伪善、瞒哄、作秀，尤其是自身都魂不守舍、游移不定、内里虚空，那青年的自信心树立，就需要费更大的力气了。

李若冰先生的眼睛很美，很沉静，很澄净，是一双最能折射出心灵光明的眼睛。

先生九十周年诞辰，先生的眼睛，仍在殷殷地、和善地看着我们这些晚辈，驮着文学艺术的辎重，咬紧牙关，艰难行进。

不熄的火炬

陈忠实先生走了，走得很是匆忙，尽管病了一年多，给大家输送了足够的信号，说先生患了不太好治的病，但真在离开的一刹那间，朋友们甚至包括他的读者，还是难以接受。由于工作关系，我参与了先生最后抢救阶段和治丧的全过程。从党和国家最高领导人，到街头引车卖浆者，都给予了不同的悼念方式。文学艺术界，更是蜂拥而至，有的甚至以泪洗面，都在真诚地回忆着与先生的交往，诉说着这个“关中好老汉”与自己的那份情意。

先生的文学成就，已经摆在那里了，怎么评价都不过分，那是实实在在的一座“高峰”，甚至有某种不可逾越性。先生的为人，也是一座高峰，点点滴滴聚集起来，我们就看见了一种十分超拔的高度。先生在《白鹿原》写作后，几乎再没有创作“大东西”，如果以长度来说的话，也的确如此。但先生在进行着另一种“长度”“宽度”“厚度”的创作，那就是扶持人，一个个扶持，一点点扶持，参加各种作品研讨会，为作者新出的作品写评论，写“腰封”，为青年作家搞推介活动“站台”，总之，先生是在为他人活着，尤其是为成长中的文学新人们活着。在古城西安的大街小巷，偶然能看到一个挎着破旧皮包的老人，永远是那身灰灰的衣服，走起路来不紧不慢的，上了台阶，上了电梯，进了文学“圣殿”，在一双双期盼、热望、崇敬的眼光中，双手合十地给各方打招呼，眼神尽量要兼顾到每一个人，然后落坐，抽着一成不变的老牌子雪茄，有时会把眼睛瞪得很大，是在认真倾听别人发言，再然后，在掌声中开始谈文学，谈他刚读过的作品，谈他熟悉或不熟悉的作者。有建议，有批评，但更多的是鼓励、“促红”、打气。也有人说：“陈老，这作品您老是不是估价过高？”先生会嘿嘿一笑说：“你看，作者本来就可怜，东拉西借的，好不容易出一本书，我再劈头盖脸给一下，那你还让人家活不？”大家也就理解了先生的用意。以他的影响力，人家把他请出来，就是想说几句“硬扎”话，也许这几句话，就把一个人推上了文学创作的光明大道，一旦“老陈都说不行”了，那还不一砖把一个文学新人给拍死了？老陈这砖，可是西安古城墙上那厚重的城砖哪。

回想自己的创作道路，一直都得到了先生的提携、呵护、抬爱。记得二十多年前，单位领导请他看舞台剧《留下真情》时，我真是诚惶诚恐，因为那剧是我编的，而当时陈老师的《白鹿原》正走红，请这么大个人物来看演出，我是既高兴又紧张，最紧张的，就是先生看完，一旦说这个戏的剧本不行，那我岂不惨透了？作为专业编剧，在上千号人的大剧院里还怎么混？谁知陈老师一看完，上台讲的第一句话就是：“无论这个编剧多大年龄，或是干什么的，我都要给他鞠一躬，这是一部深刻反映了当下时代进程的好戏，直逼人的心灵，我在观看中，心灵始终为之震撼和战栗，现在还不能平静下来，时代需要这样同步进行思考的好作品……”他讲了很长一段话，那时他五十多岁，我三十一二岁，他是真的当着全体演职人员和观众的面，给我鞠了一躬，吓得我不知所措，连连回敬，逗得一台人笑了起来，说实话，我的心激动得都快要跳出来了。这是一个文学青年第一次面对文学大家的“庭审”与“拷问”。

自此以后，我与先生就熟悉了起来，每有创作，必请他看，而他也从来没让我失望过，只要能抽出时间，有请必到，并且看了还要鼓励，还要写文章向社会推荐。我编剧的《迟开的玫瑰》已演出二十年。他在2006年看修改版时写文章说：“这戏我先后看过三回，似乎仍不满足，又找来剧本从从容容品读一番……我看过陈彦三部戏，都是以当代生活为题材，多以城市里普通人的种种心态为解剖对象，都是直抵观众心灵的冲击力量。他不回避生活矛盾，倒是在司空见惯乃至市井议论的平凡的生活琐事里，常常有惊人的发现和深刻的开掘，既显示出一个剧作家思想的勇气和力度，又显示出舞台艺术的个性鲜明的才华。陈彦的创作指向和追求，令我钦敬，尤其是这样年轻的一位艺术家。”后来对秦腔《大树西迁》他又写了文章说：“陈彦选取的都是我们社会生活中每个家庭每个人都可能遇到的生活矛盾，然后把他典型化，通过人物关系、人物命运、人物的生活态度来塑造人物。这不仅体现了一个作家感受生活的敏锐程度，更难得的是他将普通生活典型提升的深厚功力，往往见出作家思想的深刻性，这是作家最致命的、也是最令人钦敬的一点。”到《西京故事》时，他甚至写了两篇文章，一篇是写给舞台剧的，一篇是写给同名长篇小说的，他在《父子冲突的社会内涵与文化意蕴——谈〈西京故事〉中的几个人物》里写道："小说的诸多人物与情节，多为琐细的日常生活形态，几乎没有涉及重大的事变和剧烈动荡的事件，但人物性格的巨大变异以及精神心理的丰富性、复杂性、多面性，时时让我感到心灵撞击的震动。"很多时候，我觉得先生对后学者，是手把手在教，在牵引。近20年来，我的创作，每每都从他的鼓励中得到启示，比如关注小人物，抒写普通人的生命情怀，就常常得到他的肯定与褒扬，也使自己渐渐有了越来越自觉的创作走向。

先生爱秦腔，看戏很多，他常说："关中人，那看戏就跟吃饭一样么，少不了。"他不仅看，而且还给老腔写过唱词，已成保留节目。几年前，我在《美文》杂志开了两年散文专栏，是专门"说秦腔"的。我想先生手头每月有多少新杂志要翻阅、有多少朋友的作品要看呀，哪里还顾上看我的拙文。谁知有一天，先生突然打来电话："陈忠实。"这是先生打电话的风格，叫通必先自报家门。他说："你在《美文》上开的专栏，我大多都看了，写得有意思，把秦腔圪圪塄塄的事都翻出来了。这一期上边写的李十三，引发了我的创作冲动，写了个短篇，叫个《李十三推磨》，里边要涉及你文章中的一些事，小说后记里我会提到的，给你打个招呼。"我急忙说不用不用，有些本来就是史料，谁都可以用的，何况陈老师您。先生还是十分客气地在小说发表时，后边加了一段"附记"，里边有"我专意打问了剧作家陈彦……我从剧作家陈彦的文章中获得李十三推磨这个细节时，竟毛躁得难以成眠……"等文字。我当时就想，先生为什么这么受人推崇、尊敬，就在于先生的这种实诚、磊落、光明、君子风范。陈忠实这个名字，几乎是把他的生命风貌全刻画出来了。

后来我的“说秦腔”专栏文章结集出版，编辑说能否请陈忠实写个序，我说不好意思麻烦，给我作品写的文章已经够多了。编辑说，这部书稿请陈忠实作序最合适。我就试着给先生打了电话，谁知先生满口答应，说：“这组稿子我熟悉，好写，你等等，等我把手头的‘欠账’都弄零干了就写。”大概过了两个多月，先生给我打来电话，问我在哪里，我说我在文艺路，他说，你到你们剧院门口等着，我把稿子弄好了。我急忙说我过去取，先生说：“看这还跑啥呢，我刚好开会路过，你出来一取就行了么，你等着，大概就十几分钟。”我急忙跑到门口，刚站了一会儿，先生的车就到了。先生拿出厚厚一摞手稿，交给我说：“还不知行不行，有没有外行话，要是不行了，你给我打个电话，你自己拾掇也行，我给咱拾掇也行。”我说您这样的大家，哪有不行的，谢谢陈老师了。他说：“我也是学习哩，你书里有好多秦腔知识，刚好让我补了一课。”说得我不知该如何回答是好。先生一走，我就一路看起稿子来，看着看着，眼里竟然有了激动的泪花，从大量引用原文的细节看，先生真是认认真真读了书稿，并且用非常质朴生动的语言，把二十几篇零散文章，整合成了一本系统读物。上电脑一录，竟然是一万多字。天哪，这能不让人动容吗？我急忙给他打通电话，说什么都要感谢一下，先生说：“我给作者写序，从来不要感谢。你把文章写好了，咱都快乐了就行。给秦腔写文章哩，又不挣钱……”这怎么行呢，先生付出了那么大的劳动量，没有回报还成？我问了身边好多人，问先生过去给人写序都咋弄的。听到的，都是说，先生除非不写，只要答应写，就不收感谢费。说实话，我要早知是这样，还真不好意思动让先生写序的念头。一万多字呀，再快恐怕也得先生两三天时间。他的两三天，又是什么概念呢？

一位有恩于文学晚辈的先贤，我们是多么盼望他的长寿啊，他多活一天，就是我们这些晚生的福分。可苍天就是这样铁面无情，不管你对这个世界、对别的生命有多么重要，它要收割时，都会不讲任何道理地张三李四一齐收走。几个月前，我的长篇小说《装台》出版，拿到样书后，特别想送他一本，可我知道他的病情，即使是去看望他，也没好意思拿书，可有一天先生打来电话："陈忠实。《装台》我拿到了，祝贺！都听说了，有可能了，我再写点文字。"每个句子都很短，表述明显有困难。我急忙说，陈老师您千万别劳累，随便翻翻就行。再后来我去看他，他又说到了《装台》，刚提一句，我就急忙把话岔开了。这次先生送给我们同去的人一人一本《生命对我足够深情》，封面上还印着八个字：感恩阳光，感恩苦难。面对这本书，我心里特别难过，但也特别温暖。我觉得，先生对自己所面临的生命困境，是有足够准备的了。他没有怨天尤人，没有悲痛欲绝，更没有被仓皇击倒，相反，倒是十分平静、淡定地在接受，甚至感恩着猝然临之、无故加之的一切苦难。我想，这就是一个大的灵魂、一个大写的生命的从容仪态。他是准备好了，那本可以"做枕头的书"，也已被反复证明，是这个时代文学的一种高度。作为一个作家、一个时代的"书记员"，他是完成了自己使命的。他无怨无悔地结论道：生命对我已足够深情。

先生走时，引起的生命阵痛，是波涛式的，小饭馆的主人，甚至把先生爱吃的油泼辣子面，都恭恭敬敬地端到了灵堂，不时有人扑通跪下，深磕几个响头后，悄然离去。人民不仅深情缅怀与自己同时代的一本厚重大著《白鹿原》的作者，也在发自内心地赞颂着一个时代巨子的高尚情操与人格。一个国家，一个民族，必须有自己甘心情愿去仰望的人，这样的人多了，国家才有希望，民族才能复兴。先生就是这样一个人，他是我们这个时代不熄的精神火炬，我们真诚仰望他！

作家丹萌“下海”记

“丹萌‘下海’了！”朋友告诉我，丹萌与商州另一个文友领导几个男女，承包了西安北关一个罐罐馍作坊。

我一听颇感滑稽地笑了，玩笑说：“丹萌‘下海’，咋想也该是块走私军火，贩卖坦克、大炮的料，少说也该弄点文物、黄金、大烟土之类的黑道货吧。一米八八的彪形大汉，怎可去捏弄那更适合女人揉搓的罐罐馍呢？”

“那生意保险么。”

我想也是。蒸罐罐馍赚不了大钱可总赔不了本么。

谁知未过半月，作家孙见喜对我说：“丹萌下海呛水。”紧接着，“丹萌下海记”就在西安的商州文人圈内传得沸沸扬扬。我去看丹萌，乡党说丹萌做思考状回商州了，我想丹萌是回去痛苦去了。又过几日，丹萌叩响了我的房门。我连忙严肃了脸面，做心情沉重的表情，以示对老朋友受挫的“兔死狐悲”。谁知丹萌全然是一副潇洒超然的神情，甩一包“红塔山”于桌上，极尽诙谐幽默地将他“下海”十天的曲曲折折叙述了个酣畅淋漓。

运筹帷幄

面对汹汹涌动的金钱潮谁手不痒？

眼睁睁看着大把大把的票子从一些智商并不算高的人的腰包里水一样流出来，一个毕业于上海戏剧学院，曾成功地改编过贾平凹《鸡窝洼的人家》《天狗》等作品，并以数目繁多的散文、小说、报告文学时隐时现于文坛的“职业杀手”，怎能再潜心于愚人式的“躬耕”呢？

如果说身边发财者的潇洒风流是一种诱惑，那么文坛巨星路遥的病入膏肓便是催化剂，包括王安忆在内的一代天骄都发出了“上帝不再需要我们”的喟然长叹，普通作家还爬什么格子呢？他向许多工薪阶层的朋友谈及此事，无不拍手称快。大伙儿毫不怀疑他的经营才能。本来就不爱好谦虚谨慎的他，哪里招架得住三吹六捧。现实一旦插上了文学的想象翅膀，他眼前浮现出的便是一个“斗大的元宝滚进来”的生意场。从高科技开发到长途贩运猪马牛羊、核桃毛栗，千筛万选，他最终选择了小打小闹的罐罐馍加工业。

那生意是一个叫黑蛋子的商州乡党介绍给他的。黑蛋子曾是一名演奏员，见剧团业已日薄西山，烦闷中他拨断丝弦，进西安承包了北关一家蜂窝煤加工厂，不几年便是腰缠万贯的主儿。听说丹萌要“下海”，他一拳头砸过去说：“瓜娃总算灵醒了！”尔后力荐丹萌承包煤厂附近的罐罐馍作坊。几经考察，他两人坐着进口出租车，到德发长饺子馆的二层楼上，抽英国烟，喝美国啤酒，做出了如下的预算：

一斤面蒸五个馍，五个馍可赚人民币两角，一天能用一千五百斤面，利润三百元。刨过工人工资，水、煤、电费以及作坊租金，可净落两百元。一天两百元，一月就是六千元，一年要赚七万二千元哪……

“可以了可以了！”

丹萌第一次有了满足感。集腋成裘，聚沙成塔，有了资本，再干啥不成？

他给房东老板娘拍板了！

旋即，他回商州组织了一个由作家、艺术家和蒸馍大师组成的六人致富小组，浩浩荡荡开进西安，满怀豪情地进入了前沿阵地。

一千五百个“黑蛋蛋”

这是一个非常陈旧简陋的作坊，长年的烟熏火燎使本来就阴暗的老屋显得更加阴森可怖。五十多岁的老板娘用七八寸长的铜钥匙捅开了一把破垮垮锁，拉了四五下才拉亮一个二十五瓦的灯泡，先照亮的是一群在蒸笼里窜来窜去的老鼠。丹萌“嗨”的一声，鼠辈无动于衷，倒是震落了房梁上不少黑色的尘粒。多亏老板娘“去”一声，老鼠们才秩序井然地顺墙根撤离。

这样龌龊的地方能蒸馍？大家的情绪有些低落。

丹萌及时鼓动道：“大凡辉煌的事业都是从黎明前开始的……”

安上一个五百瓦的灯泡，蓬荜倒也生出些许光辉。绑一个长扫帚，除了头顶上的尘垢蛛网，尔后打开水龙头，倾四袋“活力二八”于铁锅内，刮、磨、涮、擦了三个半小时后，笸箩、蒸笼、面板、和面机才算露出些本色。

与此同时，十袋面粉、八个铝盆、六丈笼布、四把锅刷、两把菜刀、一杆盘秤也运进了作坊。丹萌一看表，时辰已到掐算好的八点八分，刺啦一声点燃八十八块钱买来的爆竹，整整炸了八分钟。大师傅咔嚓推上闸刀，和面机便哐哐啷啷运作起来，六人小组一齐戴了白帽儿，穿了白大褂，挽起袖口，在极其张扬的氛围中架势了前途无量的劳作。

他们把机器和好的三百斤面，依次盘成八个大坨，经两小时发酵后，用手工揪、称、揉、滚成一千五百个蛋蛋，那是怎样一种烦琐而又枯燥的劳动啊！然而，对于这些初涉“馍坛”的文艺家来说，却简直是在开拓一个全新的妙不可言的创作领域，他们几乎想把每一个馍都捏弄成花，让世人一见便“啊”的一声大彻大悟：原来罐罐馍是这样的！

曾在部队有过十年蒸馍历史的大师傅说：“揉拢揉圆就行了，绣花一般，一天能做多少？”

丹萌第一次以老板的身份严肃批评教育雇工道：

“宁少毋滥。咱们就是要在色、味、香、形四个字上狠下功夫，让人看了眼馋，吃了心甜。大家知道‘奔驰’小轿车为啥能走俏世界吗？就因为它牢牢把住了质量关。大凡成功的企业和驰名的产品，无一例外不是视质量如生命的。咱们只有拥有一流的质量，才能拥有广阔的市场……”

在老板的谆谆教导和亲自监制下，一千五百个蛋蛋揉搓得绝对地整齐划一，保质保量。一笼安置一百二十五个，十二笼架在能烫牛的大锅上，便是两人高的宝塔。

破旧的鼓风机发着震耳欲聋的呜呜声，蒸汽终于慢慢泛上了笼顶，丹萌长长地嘘了一口气，点燃一支烟，披上军大衣走出了作坊。这时已是凌晨五点，一个喧嚣的都市仍在沉寂中。十一月的寒风吹拂着他像发着高烧一样的面颊，一阵恬适掠过心头。通宵达旦的劳作对于作家来说是司空见惯的事，而开这一趟“夜车”却给他带来了别一样的意趣。

“日塌了，丹萌哥！”

大师傅一声喊，把丹萌从遐想中拽回了现实。“全瞎了，馍跟鬼捏了一样，又黑又瘦，怕是卖不出去了。”

“咋回事？”丹萌急忙折回作坊，一看果然是一笼又一笼的黑蛋蛋。

“面太黑？”

大师傅急忙解释说：“我买的是上白粉哪，昨晚倒在面板上大家都看见的么。”

六人面面相觑，百思不得其解。

丹萌急忙去喊起房东老板娘。

那女人揉着惺忪的睡眼，走来一摸一捏一掐一掰说：“先拿硫黄熏。”

在作坊的拐角，堆放着一摞粗瓷黑碗，里面盛着上一任老板用剩下的硫黄角子。老板娘亲自指导着点燃硫黄，架上笼，在幽蓝幽蓝的光焰上熏蒸了半个小时。揭开一看，皮肤是白了些，一掰内瓤仍然茄子色没变。

这时馍贩子成批拥来，看看捏捏，摇头而去。丹萌果断地决策：降价处理。谁知罐罐馍比不得拖鞋、乳罩、防盗裤衩，言降价更使人不敢问津，到天黑才卖出十八个，还是煤厂的黑蛋子硬性摊派给了手下的雇工。

一千五百张“笑脸”

这天，丹萌认真听取了来自方方面面的意见和建议，晚上，关了作坊门，大伙儿一边吃着黑蛋蛋夹咸菜，一边开会。老板见伙计们都表情呆滞，沉默寡言，便先讲了个《干娘的腌萝卜》的故事，调节了一下气氛，然后说：成功是失败他妈，有啥了不起的。我写小说，投稿好多次才发了处女作，谁就能一口吃个大胖子？既然“下海”了，就得有成功和失败的双重思想准备，何况咱们已经找到了失败的原因：面和硬了下一次和软些；碱搭重了下一次搭轻些；火烧小了下一次烧大些；面太黑了我明天亲自去三桥买上白粉。不信六个大能人还蒸不出优质罐罐馍来……

第二天一早，丹萌乘车直奔三桥，买下十袋上白粉，租一辆三轮车，一路绕街穿巷，遇坑洼手推，遇沟坎肩扛，运回作坊，双腿已如灌铅一般。

晚上摆开场面，开始了又一轮苦熬苦战。

老板丹萌亲自肩负了烧火的重任，给灶门口铺了两条麻袋，佛一样坐卧于其上，砸煤，拌煤，添煤，掏灰，手脚不闲地忙活了一夜，漏电的鼓风机还差点给他的生命绾了句号。天快亮时，他感到一阵眩晕，头便靠在煤堆上睡着了，手里仍然紧紧握着拨火铁棍。那场面像煞某部电影上一个伟人夜半揣摩军事地图，因疲劳过度而手握红蓝铅笔入睡的镜头。

大家看着他那张被煤灰涂抹得如小鬼一样的脸面，心里一阵酸楚，有人给他盖上了大衣。谁知盖大衣的动作惊醒了他，一阵剧烈的咳嗽后，老板竟然咯出一口带血丝的痰。

大家担忧起他的身体来。

他说："不要管我，蒸馍要紧。"说着又美美铲了一锨煤送进了灶膛。

熊熊火焰照亮了半壁墙，腾腾蒸汽聚满了一间屋。大家围坐一堆，夸赞着老板今夜的火功。大师傅说："看来不管弄啥都得领导亲自抓，就说这火，领导抓与不抓就不一样。"

丹萌有些激动地站起来抖了抖满身的煤灰说：

"这馍要再说火功不到，也只好上天去借太上老君的炼丹炉了。"

火越烧越旺，吼声如笑，丹萌说这是好兆头。大家也都预感到这一千五百个馍是要成了。谁知笼盖一揭，全傻了眼——胖乎乎的馍背上，一律炸出了梅花朵，像是张张笑脸，一笼比一笼笑得更歪瓜咧嘴，最后两笼竟然四分五裂得抓不上手了。

丹萌一屁股软瘫在灶门口。

大师傅委屈地哭了。

房东老板娘听到哭声，披着衣服过来一看，自言自语道："是面没有筋丝？"掐一蛋蛋撂进嘴一嚼说："火烧得太大太猛，馍是烧炸的。"

这天照例没能批发出去一个。

面对一千五百个"黑蛋蛋"和一千五百张"笑脸"，丹萌无可奈何地宣布：关门休整。

内阁会议

这是一次严肃认真的会议，丹萌让大家都在作坊里寻了固定的座位，房东老板娘作为特邀代表列席。 主持人发表过简短的讲话后，房东老板娘便开始了长达一个半小时的谈话。

这是一个更适合于做领导工作的女人，一旦得到讲话的机会，便拽出了王大娘的裹脚布，从作坊的历史到现在，说得满嘴白沫……她的谈话归纳起来就这么两层意思：一是这作坊旧社会是坟地，后来做了牛栏，“吃食堂”那阵儿里面又饿死过人，不干不净的，要想顺当，就得烧香磕头，辟邪驱鬼；二是馍烧炸了好解决，下一次火烧小些就是了，但颜色问题没有解决，“黑蛋蛋”是绝对没有销路的，她建议像别人一样使用增白剂和漂白粉。

大家都怔怔地盯着丹萌。

丹萌道：“难道非得心黑了才能做生意？！”他买来一瓶城固特曲，让大伙儿传来递去地抿。“难怪说粮食部部长都不吃特别白的馍，原来馍是这样白的。 咱哪怕不做这生意也不能使这招儿，不行了上特粉。”

“上特粉？ 那么高的成本你挨得起？”

大师傅说：“丹萌哥，我说你还是请一个高手来试试吧！”

“你在部队蒸了十年馍，还不算高手？”

大师傅有些不好意思地说：“部队上那馍好蒸，不管白蛋蛋黑蛋蛋花蛋蛋，不吃，首长便会召开生活会，批评你‘忘记了劳动人民的本色’。 但眼下是市场，不行了就得淘汰。 丹萌哥，不是客气，再蒸我确实不敢下手了，你赶快找一个高手吧，哪怕叫我给他端茶点烟都行……”

经过讨论，大家一致同意另请更高明的蒸馍大师。同时决定派四人上门推销积压产品，可实行五到八折浮动优惠价。驱鬼之事，丹萌当下念了咒，画了符，并把符用刀扎在灶头，谅阴鬼也不敢再来作祟。

会议在“四季发财”“六六大顺”的划拳声中闭幕。

大师的“败笔”

经过几天的明察暗访，寻找大师的行动终于有了眉眼。据可靠情报，镇安县的一个大胖子在西安南郊蒸罐罐馍已有六年历史，技艺达到炉火纯青的地步，确属当之无愧的大师级蒸馍专家，已经赚发得擦屁股都用钞票了。

丹萌提着四色礼恭恭敬敬地登门造访。走进蒸汽弥漫的作坊，但见五个离地一尺高的灶台上分摞着七十个笼圈；东墙上挂一排子笸篮，大到能盖牛头锅，小到能当安全帽；西南角摆一溜面盆，光口面直径在三尺以上的就十几个；九个如罐罐馍一般白胖白胖的女子，着清一色的服饰，在香雾缭绕的仙境中搓条条揉蛋蛋。果然一派大家气象。

大师是卧在一把沙发椅上的，一手执宜兴茶壶，一手在跷起的二郎腿上击打着节拍，听着商洛花鼓戏，眼睛半睁半眯，煞是品麻滋润。

丹萌弯腰给大师请了安，然后递上托乡党写的一纸字条。

大师问：“你写《鸡窝洼的人家》前后几年哪？”

“历时三载，大改九遍。”丹萌说。

大师又问：“挣了多少钱哪？”

丹萌羞于启齿地报了个数字，大师笑笑说：

“竟不如我蒸三天馍，是得悬崖勒马了！”

丹萌叙述了他“下海”创作一千五百个黑蛋蛋和一千五百张“笑脸”的全部过程后，大师百感交集地说：“现在一窝蜂都‘下海’，连最基本的东西都未掌握，能不淹死几个！你知道你失败在啥地方吗？缺乏科技！俗话说：一窍不得，少挣几百。蒸罐罐馍也是一门学问，不要把这看得太简单，我也才是一个刚入门的学生。最近应约给《美食家》杂志写一篇《蒸馍浅说》的论文，都恨许多道理讲不清道不明哪！”

丹萌听得一愣一愣的，面对大师，深感自己的浅薄无知。千请万求，总算把大师弄上了一辆“皇冠”牌出租车，去端履门红楼酒家肥吃海喝一顿，花去人民币三百六十九元，才终于拉开了第三次“大师级”示范蒸馍的序幕。

大师不屑于亲自操作，一个电话从南郊调来两个胖女，他只靠在丹萌从房东家借来的一把躺椅上，节骨眼上，拨云破雾，指点迷津。半夜寒气逼人，丹萌怕大师受凉，给大师腿上盖了大衣，还买了一瓶红西凤，就猪头肉下酒。

由于过度疲劳，半碗下肚，号称“一斤三两出美文”的丹萌便有些醉了，不过他心里清楚，今天有大师坐镇，胜券稳操，他是可以安闲自在地睡上一觉的。他睡着了。梦中见打着“丹萌”牌商标的罐罐馍供不应求，抢购的队伍竟然从北关一直排到钟楼……

“丹萌哥，丹萌哥，又日塌了！”

丹萌被原来的大师傅喊醒时已是早晨六点，一看馍，眼前直冒金星，没发起来不说，还黑一块白一块地连碱都未搭匀。他一把从躺椅上拽起还呼哧打鼾的大师，按到笼前暴跳如雷：“这就是你这个自吹为‘馍林高手’的大师蒸的好馍！”

大师眨巴着睡眼，半天才嗫嚅出几句话来：“我……一直都是这样蒸的，今儿个咋就……不灵了呢？这屋怕是真的有鬼，丹大作家，你今年三十六岁……怕是……怕是财运不旺啊！”

“闲话少说，走你的人！”

丹萌一脚踢飞躺椅，扬长而去。

兜售“破烂”

他叫了一辆出租车直奔单位宿舍，买一瓶酒上到四楼，打开门见地上躺着三封便函。两封是小说和散文的约稿，一封是深圳驻西安的出版商的催稿急件。他急忙走到写字台前，撕去八页日历，才想起人家预付了一半稿酬的三万字报告文学已到交稿期限，他不得不铺开方格稿纸，在半尺高文字臭得一塌糊涂的“年终总结”和“经验介绍材料”中寻找“感人事件”和数据，一边喝着酒一边开始了又一种枯燥乏味的劳动。好在这种劳动他已得心应手，晚上八点当大师傅来找时，他面前一遍过手的稿子已标到第四十七页了。

“丹萌哥，你不能撂下那一摊子不管哪！今天我们忙活了一天，分五路人马才卖了七个馍，还是一毛钱一个的。”

“你说咋办？”丹萌问。

“咋办？硬着头皮都得狠抓推销，不然干成了老婆脸，还不赔到沟底了。”

丹萌仰靠在椅子上，长长地叹了口气。

大师傅又说：“丹萌哥，你不去找镇安那个大胖子赔款哪？那是个狗屎大师么？开始来还把我吓得连递一杯茶都双手打战，腿肚子转筋，搞了一夜，才是笨狗扎了个狼狗势。去叫他把吃了喝了的都吐出来。”

丹萌摆摆手说：“大师也有失败的时候。再说咱们请的人家，又不是人家自己找上门来的，如今咋好去寻人家的碴儿呢？不定真是丹萌哥我财运不旺呢。”

丹萌让他回去告诉大伙，今晚他要赶一篇文章，明早七点作坊见。

第二天早上六点二十分，他总算在文章的一百零一页的第一行画上了句号，昏昏然骑一把除了铃不响浑身全响的破车子，不到七点就赶到了作坊。

他点燃一支烟说：“这四千五百个馍算是‘死娃抬出南门——没治了’，不过咱们也不能让它就这样霉在屋里，今天仍然得抓推销，既要把触角伸向工厂、机关、学校，也要把注意力集中到那些从乡下来搞建筑的农民身上，价格浮动的尺度完全由自己掌握，反正以能兜售出去为原则。另外，还请大家再摸摸行情，如果这馍蒸出水平了又有多大的市场？房租金咱们交了两个月，连皮带毛才干了九天，且不说致富，起码得设法把本捞回来吧……”

这天，他亲自率领人马，兵分三路，由北门向西北角、东北角和龙首村方向辐射。他们与大师傅一道，先后走了七个机关、十三个建筑工地，问者寥寥，买者几无。一个门卫老头几乎像防贼一样三盘六问不许越雷池半步。 好不容易碰到一个柞水人承包的建筑工地，好说歹说，看在乡党分上拿了两百个“黑蛋蛋”，却没付一分钱……

一天的奔波给他最强烈的感受是：自己像一个兜售“破烂”者。 如果直到第三次试蒸失败后他还没有完全丧失信心的话，那么说今天所遇到的冷眼和所吃的闭门羹，已经快要彻底扑灭了他从事第二职业的火焰。

几路人马返回作坊，没有一个激动人心的故事，倒是两个女子难过地哭了。 她们哪里这等低声下气地活过人哪……

丹萌说：“你们都休息去吧！”

大家默默无语地散了，他浑身的骨头像散了架似的一屁股塌在躺椅上，身心憔悴得几乎是休克过去了……

最后的抉择

后半夜他被冻醒了。

昏暗的灯光下，他看到足有三四十只老鼠活跃在作坊的角角落落，房东老板娘抱来的猫司空见惯地欣赏着鼠们美食。 他学老板娘大喝了一声，鼠们竟然不服从他的命令，仍然把干馍嚼得嘎嘎嘣嘣。 他愤然站起来，一菜刀劈下一只硕鼠的肥腿，鼠辈才张皇逃窜。

几千个馍装在大大小小的口袋、笸篮、面盆里，摞成几个“品”字，作坊里便多了几道一人高的“山花墙”。 人是被馍挤压得走投无路了。

第一笼蒸出的“黑蛋蛋”已经干硬如石头。 第二笼蒸出的那张张“笑脸”也风干得皱皱巴巴，掰开一搓，馍花纷纷扬扬。大师蒸的那一千五百个倒是暂时还没萎蔫，却青一块紫一块的，不吃都恶心……

丹萌锁上作坊门，徘徊在凸凹不平的小街上，心里如浪翻卷。

干还是不干？

若再干，就算把这九百斤面蒸的馍拣好的送了朋友，施舍于流浪者，坏的喂了猪，再进行四、五、六次试蒸，便能成功了么？ 就算成功了，销售局面打得开么？ 原来生意是这样难做。九天的熬更守夜，四处奔波，已使他眼眶凹陷，疲惫不堪。 表链子都松成了手腕上的“呼啦圈”。 过去连到粮站买米买面都是掏钱雇人干，如今竟然能“提篮小卖拾煤渣”，这惊人的变化回想起来确实把自己吓了一跳。 让他最不能忍受的是那世俗的鄙视，过去他没有机会领受这种如刀子一样扎在他心房的冷眼，多少次到社会底层深入生活，他都没能这样深刻地感受到小人物处世的艰难。 他有勇气接受哪怕是死亡的挑战，但他没勇气接受一个横眉，一个乜斜，一种讥笑，这大概就是文人“下海”最难解决的面子问题。 他害怕再遇到那种眼光。

不知不觉中，他已进入北门。 安宁了一夜的都市逐渐兴奋了中枢神经，开始了又一日的活蹦乱跳。

突然，高音喇叭里传来了“著名作家路遥英年早逝”的消息，他震惊得半天不敢相信自己的耳朵。 伫立细听，千真万确，四十三岁的路遥是真的走了。 他当时感到双腿哗哗颤抖，像棉花条一样软溜在一个水泥墩子上，泪水止不住断线似的流了下来。 几个月前，路遥还拍着他浑圆的肩头说：“丹萌，你这样的体质正好弄大作品。可不敢荒废了……”几个月后，他已经与文学决裂，双足插在了生意海洋里。

难道几十年的寒窗苦读，辛勤磨炼，就是为了今天的搓条条、揉蛋蛋、烧火、卖馍？直到此刻，他才深切地感到，自己不可能心死于文学；又朦胧地感到，自己不是一块做生意的料，最起码不是一块经营罐罐馍的料。要他拿增白剂、漂白粉给罐罐馍制造一身华丽的服饰更办不到。

他是一个极讲究活得真实的人。

第十天已经大亮了，他突然从水泥墩子上站起来向回走。他急于要见同伴，向他们宣布老板的最后一个决定。

打道回府

无论是叫破产还是叫倒闭，反正丹萌沉痛宣告：兄弟姐妹们情同手足的愉快合作告一段落。

他先给大师傅和另一个伙计一人开了一袋上白粉作为酬劳，并亲自把他们送到车站，为他们买了车票，感动得大师傅泪流满面地抓着他的手说：“丹萌哥，你是好人哪！这回老天爷瞎了眼，把善人亏了，我心里过意不去呀！以后不管干啥，只要不嫌弃这个兄弟，招呼一声我就来了，挣钱不挣钱都是闲淡事，跟你在一块儿弄啥心里都受活哇……”

回到作坊，他用一张纸草算，共计赔进一千六百多元，十天卖馍收入八十八元八角。被他拉“下海”的另一位作家义不容辞地分担了损失和痛苦。尔后，几位文艺家用塑料袋装白蛋蛋，用笼布包黑蛋蛋，用绳捆了自己添置的笸篮、面盆、刷子、刀铲，只等天黑撤离。房东老板娘左挽右留，狠狠批评丹老板“经不起风吹浪打”，是“被困难吓倒了”，并举一反三地讲：“三回圆满，四蒸一定‘紫气东来’。”任她如何撺掇，丹萌还是请她抱走了猫，并把被鼠辈啮食过的两麻袋残馍扛过去让她喂猪。

老板娘见实在挽留不下，便请丹老板结算水电费。丹萌说：“给你交了两个月的房租，才用十天，怎么还收水电费呢？”

老板娘说：“茄子一行，豇豆一行。你们这种短期行为已让我受了很大的损失，还想再让我贴补水电费？”

最后是煤厂的黑蛋子来叫老板娘好好捂着胸口想一想，并说了几句难听的话，才算免去了一笔开支……

是夜，丹萌叫来一辆卡车，一股脑儿将零七碎八装上去，悄无声息地告别了使他千般激动又使他万般沮丧的黑黢黢的作坊。沿途将大包包小蛋蛋卸给一些乡党朋友，要他们“帮忙解决问题”……

丹萌讲完“下海”记，一包“红塔山”也只剩下了一纸空皮。

我问他最近在干啥？他说正在写一部名叫《黑蛋蛋·白蛋蛋》的中篇小说。

据“路透社”消息：那位被他“拉下海”的作家回商州后，至今仍在炸馍片、煮馍条、炒馍花，一日三餐不变。最后连小孩半夜啼哭，作家都拿“再哭给你吃罐罐馍”来吓唬，真可谓“城门失火，殃及池鱼”了。

让母亲站起来

人是靠脊梁支撑着的。母亲的脊梁却在新千年到来不久，彻底垮塌了下来。一个人的生理脊梁垮塌了，这几乎是令人难以置信的，但母亲的脊梁是真的垮塌了。当家兄打电话来告诉我时，母亲已瘫痪好几天了。他在电话里说："妈的腰这回是彻底不行了，卧在床上动都不能动，并且痛得受不了，还拒绝治疗。所有的亲戚朋友几乎都来劝说动员过，但她连到医院去检查一下都不配合。她说她已经让这个腰折磨够了，再不想活了，要我们抓紧准备后事，她在床上再躺一段时间，让我们再尽尽孝道……她就'走'了……"兄长说得泣不成声，我放下电话，就急忙离开西安，踏上了茫茫陕南山道。

十年沉疴

母亲患的是脊椎结核，已经十几年了。十几年前她就老喊腰痛，但一直以为是劳伤，只请人按摩了按摩，吃了些中草药，稍有缓解，就不了了之了。

那时她住在商洛山中一个叫柴家坪的小镇上，父亲已经去世，兄长在县城工作，我在西安上班，一家三口人，分了三处住着，很少能照顾上她。兄长和我曾多次要求把她接到县上或西安居住，但她都拒绝了。理由是：一来父亲刚去世，她想在新坟边住上几年，我们非常理解那种感情撕裂的痛苦和由此生发的守望之情；二来她当时开了一个小商店，月月略有些收入。她说她才四十多岁，还能动着，等将来老了，手脚不灵便了，再到我们身边不迟。母亲是个很固执的人，她一旦决定的事，那是谁也无法改变的，我们只好依着她。腰疾也便在那种情况下一天天加重了。

有一次我从西安回小镇看她，她就躺在床上，连吃饭都是几位好心的邻居端来拿去。腰上是请一位“土医生”在一贴贴糊着膏药，仍是当“腰肌劳损”治着。病成这样，从不给我和兄长捎个口信，我埋怨她，她只淡淡地说：“老毛病了，有啥大惊小怪的。你们都那么忙，我这病，睡几天就会好些的。”任我怎么做工作，她还是不同意离开小镇。我在她身边待了一个星期，最后她硬是强撑着站起来，把我送走了。

在小镇的车站，她用双手撑着腰给我说：“别老请假往回跑，好好在外面干你们的事，我实在动不得了就会给你们说的。”

望着她发颤的双腿和佝着的腰身，在汽车开动的一刹那间，我的眼前一阵模糊。这曾经是一副多么挺拔的身板哪，在她二三十岁当教师的时候，每每学校或当时的公社、区上搞业余调演活动，她都是最活跃的演员之一。仅十几年，母亲不仅从讲坛上病退下来，健康的人生风采不再，且双鬓已完全花白，而此时她才年仅四十八岁。

大概也正是这个年龄，使她永远也不相信，疾病是会把她彻底打倒的。因此，每倒下一次，她都会在休息几天后，又强打精神站起来。为了哄瞒住我和兄长，我们每次回去探望她时，她都会硬撑着挺起腰肢，又是开玩笑，又是给我们做好吃的。直到把我们哄走，她才又倒下暗自呻吟。一些到县城办事的熟人，每每问她要给儿子捎啥话不，她总是反复叮咛："就说我好着哩，千万别说我病着。"其实有时，她就是躺在床上说这些话的。后来兄长还是知道了这事，有一次干脆直接叫了辆卡车，回到小镇连商量都不跟她商量，就端直连人带家强行搬进县城，母亲才不得不与兄长住在一起了。

进县城休养一段时间，腰部渐渐好些，母亲就急着要找点事做。那时我女儿刚出生不久，我独自一人在西安工作，家还在县上，母亲说让她带带孩子，为我们俭省掉雇保姆的开支。说实话，我觉得很不好意思，但还是这样做了。其实那时母亲的腰部仍痛得很厉害，她是硬撑着把她的小孙女背来抱去的。有时蹲下去，半天站不起来，而要站起来，是要咬着牙骨的。直到那时，我们还一直相信"劳伤"说，每每按她的要求，给她弄些抗劳止痛药，持续麻痹着其实是结核在作祟的腰脊。我们也多次要求她到医院检查，但她总坚持说病情是清楚的，没有必要花"冤枉钱"。今天看来，作为儿子，我们是有不可推卸的责任的。母亲抚养大了我们，又用她病残的身子抓养我们的儿女，这将是我们一生都无法排解的悔恨。

当女儿能满地乱跑后，母亲又要求兄长为她再找点活干。兄长看她一日都闲不住，闲着就蛮发脾气，只好又开了一个门面，让她主持经营。谁知她事无巨细，当老板连伙计的活都干了，气得兄长几次要关门，她好说歹说，门面才保留下来。但很快她的腰疾就把她彻底扳倒了。这次兄长再也不听她自己“久病成医”的“诊断”，直接把她抬进县医院，进行了全面检查。为进一步确诊，甚至还拉到百里外的另一家骨科医院进行复诊和 CT 切片鉴定，结果让人大吃一惊：病变使腰椎二、三、四椎体变形，变形椎体使椎管狭窄，已严重压迫神经，并导致下肢部分失去知觉，建议进一步做病理鉴定，确定是结核或骨瘤。

兄长双腿哗哗颤抖着，拿了一沓光片和鉴定报告直奔西安一家大医院，我和他径直找到在这儿进修的伯叔兄长陈训，通过他又再找到这里最权威的骨科教授。鉴定结果倒是排除了肿瘤的可能，但认为结核病变已相当严重，必须立即实施手术。这样，母亲便经历了人生“刮骨疗毒”的第一刀。

这次手术让母亲备受煎熬，仅只做掉了部分压迫脊髓的死骨，就令她躺倒在床上半年多难以下地。后来勉强摇摇晃晃地下了地，才一年多天气，又再次瘫卧床上，生活自理能力不再。这期间，我每每回家探望，都在她病痛难忍之时，母亲完全失去了一个健康人的基本生活形态，站不能直，坐不能端，卧不能蜷，可以说仅仅只是一条活着的生命。这次又彻底躺倒，早在我们预料之中，但没有想到会这么快。一个人的生命真是太脆弱了，尽管母亲那么坚强，那么有韧性，但她还是没有抗拒得了疾病的反复侵蚀折磨，终于从肉体到精神都完全缴械投降了。我匆匆赶回家时，她开口给我说的第一句话是：“这恐怕是……我们母子……最后一面了……”我的泪水哗哗地涌了出来，母亲的泪却早已流干了……

艰难说服

母亲已经完全心灰意冷，任我们如何规劝，甚至胁迫，仍拒不治疗，拒不检查，甚或以死相挟，断然拒绝一切说服工作。我每每往床边一坐，她就说："想跟妈拉家常了，你就坐下，想劝妈再进医院了，你就出去。这个冤枉钱不能再花了，妈也确实受不了了。与其让妈再受那种比死强不了多少的怪罪，还不如让妈再在床上好好躺几个月。妈的身体已经跟游丝差不多了，稍动一下可能就断了。你们体会不来，妈心里最清楚，花啥钱都是多余的……"

我不知多少次近距离端详过自己的母亲，然而，从来没有这一次这样让人伤感，母亲是真的被病痛折磨得命如游丝了。当我拉住她的手时，几乎已经很难感觉到生命的律动。她想用力握握我的手心，那力量却只能让我感到一种细浪的轻抚和棉絮的缠绕。她的脸颊在慢慢脱水、变形；眼眶也点点凹陷；本来花白的头发，已全然银白，完全不是一个五十八岁人的精神生命状态。当我用药酒给她擦抚因脊髓受压引起的病变的膝关节时，我才深切地感受到母亲十几年如一日的艰难负重；当我用药酒给她揉搓疼痛的脊背，面对第一次手术的创面和那已明显凹凸不平的畸形脊柱时，我的眼泪再次吧嗒吧嗒滴了下来。就是这个脊梁，撑持大了我们，又撑持大了她的孙儿孙女；就是这个脊梁，在她疾病缠身的时候，仍为我们创造着本不该再去创造的各种财富。我们没有任何理由让这个脊梁垮塌下去，即使只有百分之一的希望，我们也必须义无反顾地去争取、改变。而这种决心，兄长比我更坚定百倍。

我们仅只兄弟俩，兄长一直离母亲最近。父亲去世后，十几年来，其实兄长一直担当着这个家庭父亲的责任。他在县上商业部门任一个大公司的总经理，本身公务极其繁忙，加之身体又不好，每天确实是在超负荷地运转。特别是在对待母亲上，可以说是一个忍辱负重、百依百顺的孝子。我一直在很远的地方工作，母亲小病小痒的，我们即使通电话，他也从不提起，只是到了实在迈不过的大坎时，才让我回去一下，商量些办法，而具体实施，又全都落在了他的那副宽厚的肩膀上。

当我回去做了一天工作毫无结果时，这天晚上，我和兄长静静坐到半夜。两包烟都抽完了，仍拿不出新的方案。因为这事不能勉强，母亲如果不配合，强行往医院拉，搞不好会使她的腰部受到更大的挫伤。在我回去的前几天，兄长曾试图拉过一次，救护车都叫到楼下了，谁知母亲从床上翻下来，跪在地上反锁了自己的房门，差点没闹出大事来。兄长说："再不敢硬来了。"望着兄长憔悴的面颊和肿胀得穿不进鞋的双脚，我只能在心里默默祈祷：这根顶梁柱可千万不敢累垮了呀！

这天后半夜，我刚迷迷糊糊睡着，突然听到从母亲房里传来了硬物击地的笃笃声。我急忙爬起来去看，发现母亲手拄竹棍，正在保姆的搀扶下，弓着快九十度的腰，一步步艰难地向外挪动。我问她干什么？她说上厕所。我说都这样了，咋不在床上方便？母亲说："等实在病成瘫子……挪不动了，我就会在床上害你们的……"这就是母亲，一个永远追求自食其力而不愿意给任何人添麻烦的人。上一趟厕所，在一套一百多平方米的单元房内，来回整整走了四十多分钟。这四十多分钟，几乎走碎了儿子的心。我在暗暗咬着牙骨：不提高母亲的生活质量，我们确实不配做人。

第二天，我们继续轮番做工作。专程从西安赶去看望母亲的画家朋友马河声，听说工作咋都做不通，有些不相信地说："哪有这样的怪事，放在有些家庭，老人想治病，儿女不孝，还不给治哩。让我去试试，我就不信，还有兵临城下了不缴械投降的。"他信心十足进去，谁知半小时后摇头叹气地出来："真格固执，我连死人都能说活哩，没想到咱姨是铁板一块，水火不进。连我这张嘴都说不转她，恐怕也再难另请高明了。"

商量来商量去，最后是伯叔兄长陈训做了决断："打一针大剂量安定，等她睡迷糊后抬上走！"他是医生，又是县医院副院长，我们便一切听他的安排。很快，母亲便在"止痛针"的欺骗中，呼哧打鼾睡着了。我们一溜烟把她抬下楼，搬上救护车，送进了县医院，等她醒来时，一切检查都结束了。尽管她觉得受了愚弄，但面对儿子的孝心，也不好再说什么，只是仍然坚持："不管咋，我是不会二次上手术台的。"

这时我们也不想再跟她商量什么，只是急切地等待着所有检验报告和 CT 片子。一场艰难的说服工作，最终并没有将她说服，但在无奈的欺哄中，我们总算还是拿到了最重要的病理依据。

我连夜回西安了。

二次手术

所有会诊结果，都令人十分沮丧，连大医院的大专家都判定已错失手术良机，爱莫能助。我抱着一线希望，来回穿梭于一些医疗机构的楼上楼下，双腿如灌铅一般沉重。当听到一声声冷酷的判决，心情更是重于坠石。终于，托家乡在西安进修的陈继平和叶明冬大夫的福，在解放军第四军医大学西京医院，找到了一位著名的骨科教授，看完片子后说还有手术指征。我接到这个电话时，双手抖动得连红红的烟头都掉在了裤子上。第二天一早，我就急急忙忙去了西京医院。

这位教授名叫王臻，四十出头，但却已是军内骨科权威。他曾成功参与完成过世界首例“十指断指再植”全部成活手术，在国内外具有一定影响。当我被叶明冬大夫领进他办公室时，首先，我被他诗人一般的激情和饱满的精神状态所吸引，这是一个完全出乎我意料的医学权威形象，他不仅年轻，身材高大挺拔，而且浑身灵动，充满了似乎是医学以外的睿智与豪情。当知道我是搞写作的，我们很快便从莎士比亚谈到海明威，再谈到画家毕加索、莫奈，又谈到路遥、贾平凹，直到进入正题，话语才显得沉重起来。他一边调着电脑里的资料，一边对着我母亲的腰椎 CT 片子说：“老人的腰椎确实破坏得很厉害，二椎已完全销蚀得不留痕迹，三椎也已基本破坏，存在部分全是病灶和死骨，四椎也有不同损伤。腰段脊椎呈位突畸形，结核组织已经侵犯椎管深度压迫脊髓。这么严重的腰椎结核病变，我见到的还是第一例。现在必须进行腰椎置换术，就是把死骨全部清除，换上人工椎体，不然你母亲可能从此就彻底瘫痪了。”

“换了人工椎体，能让她站起来吗？”我急切地问。

王教授几乎不假思索地说：“可以，只要手术不出意外，老人以后的生活是可以自理的。就是手术材料相当昂贵，像这么严重的病情，恐怕得用世界最先进的，不然将来再造成内固定断裂、人工椎体脱落，麻烦就更大了。”

我当时干脆就没有问价钱，心想只要能让母亲站起来，即使倾家荡产，也在所不惜了。 我很快将情况通报给兄长，兄长跟我是完全一样的想法：手术只要能做，即使负债，也得先把母亲从生命的煎熬中解救出来。 后来因为准备款项的需要，我从侧面打听了一下，数字确实惊人，对于工薪阶层的兄长与我，意味着每人要拿出四五年不吃不喝的全部工资。 这个消息无论如何都不能让母亲知道。 她一旦知道，手术是绝对无法实施的。 因为我们各自为买房所受的煎熬，她都一清二楚，如果再知晓了这次手术所需的惊人数额，兴许她会做出异常极端的事来。

一切都在有条不紊地运作、铺排着。 兄长在那边继续做母亲的工作。 亲戚朋友们也持续进行着“车轮战”。 大伙说：“你就是不为你想，也该为两个儿子想想，你病成这样，他们要是不给你治，不说他们自己心里过得去过不去，社会上会怎么议论？ 他们在外面都有很多事要做，你的病一天比一天重，缠绕得他们啥都干不成，你这倒是为了儿子还是害了儿子？”终于，母亲看“胳膊拧不过大腿”，更是看着兄长和我为此奔波忙碌得可怜，到底还是放弃了自己的意见，最后，她不无戏谑地对兄长说：“你们实在要动刀杀老娘了，那就朝手术台上抬吧！”

手术选在镇安县医院做，这是母亲的一再要求。 一来在家门口，二来人都熟。 加之镇安县医院的骨科技术在全省县级医院中处于领先水平，因此王臻教授同意赴镇安担任主刀，县医院院长、骨科专家马彦绍和其他几位骨科骨干担任助手。 很快，母亲的第二次手术，便在一个多月的艰难准备中，进入了最后的实施阶段。

手术那天，母亲的精神状态非常令教授满意，一向痛苦不堪的她，那天显得特别平静，甚至谈笑风生。她不停地对我们说："妈是一颗红心，两手打算。活着拾出来了，就好好活；死了拖出去了，你们也算是尽了孝心。"兄长颤抖着双手，在签完了"手术可能导致病人死亡或各种后遗症"的"生死契约"后，我们一一与母亲捏了捏手。随后，母亲便被几位穿白大褂的人送进了手术室，时间是早晨八点半。紧接着，一场比炮火硝烟战斗更让人惊心动魄的手术便开始了。

我和兄长坐在手术室旁麻醉师的办公室里，虽然这里禁止吸烟，但熟悉的麻醉师还是让我们一根接一根地吸着。而在手术室外的过道上，亲戚朋友已将走廊围得水泄不通。这是一个特大手术，在镇安县医院的历史上尚属首次，在全省据说也不多见。教授要求录下手术全过程，因此，县电视台的工作人员也在里外奔忙着。伯叔兄长陈训因在医院工作，也便干脆穿上白大褂进了手术室。是他来回传递着消息，一会儿告诉我们，麻醉已经结束；一会儿又通报说，切口基本拉开，是从腹部动刀，直拉到背部，伤口有一尺多长。我们都紧紧咬着牙关，不敢想象那种情景，好在母亲是在麻醉中人事不知的。手术前后进行了七八个小时，我们就那样吸着烟，一直静静等待着里面的消息。几十位亲戚朋友，自始至终围绕在手术室附近，有了这些精神与道义上的支撑，我和兄长也便在极度不安中有了一分慰藉与平静。术前王教授曾讲，这个手术最大的危险在于害怕撞破脊椎动脉血管，一旦撞破，病人很可能就会死在手术台上。因此，每当护士出来要血时，我们便会冒出一身冷汗来。好在手术终于在下午三点多顺利结束了，当王教授笑吟吟从手术室走出来时，我们当即百感交集地迎了上去。

王教授说："手术进行得很彻底，把里面的死骨和脓肿全部清除了。你母亲是一个非常顽强的人，骨头已经被结核侵蚀成蜂窝状了，用一个形象的比喻，腰部整个成了'豆腐渣工程'，能坚持到今天是个奇迹。这下你们放心好了，手术用进口钛金椎体连接住了完全取掉的二、三腰椎，她会跟正常人一样站起来的。"

我和兄长的喉头都无比激动地哽咽着，什么话也说不出来。很快，母亲被从手术室里推出来了……

蓝天微笑

母亲在有惊无险地经历了七十二小时危险期后，终于慢慢地露出了笑意。她开口说的第一句话是："妈这个老废物……怎么还没死呀!"我笑着说："教授说了，从理论上讲，这次给你换的人工钛金椎体，在体内至少能使用一百二十年。"母亲说："那我还不活成老精怪了。"

说实话，我们不指望母亲能再活一百二十岁，只期待她在有限的生命中，活出一个人应有的结实身板，活出最起码的生活质量。母亲一生为我们辛苦操劳，即使在重病期间，仍追求自食其力，这让我们感受到了一种在书本上永远也感受不到的精神引领和意志提升。母亲是我们生命的来源，母亲是我们生命的钙质，母亲更是我们精神的蓝天。不敢想象，在没有母亲的日子里，对于我们取得的任何成就，还有谁能发出如此由衷的赞叹和会心的微笑；不敢想象，在没有母亲的日子里，我们遭遇了风吹雨打、雷劈电击，还有谁能像母亲那样无私地接纳、呵护、抚慰、安帖。母亲是儿子永远的根基，只要这个根基在，无论走到哪里，我们脚下都不会产生虚飘空洞感；母亲是儿子永远的蓝天，只要这片蓝天在，无论飘到哪里，我们都会感到有一把无形的伞，在随时遮挡着无常的风雨。母亲是个人，但更是一棵树，一眼泉，一架桥，一个巢，一座温馨的老房子，当我们远离时，她是孤独寂寞地存在着，一旦当我们走近，便感到了无与伦比的亲切、祥和、静谧与安宁。这种其他任何亲情都无法替代的感觉，是一种真正的人生归宿感。无论你能上天，能入地，但唯有这种归属是最安全的感觉。

母亲终于一天天好起来。有了兄嫂的真切呵护，有了小保姆的细心体贴，有了亲朋好友的诚挚关爱，我相信这片蓝天会越来越灿烂的。

我该走了，儿子又该远行了，我拉着她的手说：“妈，我走哇，你的腰板这下是要彻底硬朗起来了！”

母亲说：“你走吧，好好干你的事，只要你们的腰板硬朗着，妈的腰板即使断了，感觉也永远是硬朗的……”

活在秦岭南北

人平时不太注意自己赖以生活的基础，以及形态、式样，一旦注意，就会发现，与我们联系最紧密、最不可或缺的，恰恰是我们最不在意、最容易忽略的东西。比如秦岭，我从小就偎依在它的南麓，长大后，又跑到它的北麓找饭吃，但平日能引起注意的，可能是房子，是饭碗，是荣誉，是钞票，是人际关系，是周边许许多多说不清道不明的小环境，至于提供了氧气、挡住了风沙、调节了温度、供给了无尽生活资用的秦岭，反倒不在心中作数，并且还一点儿都不后怕。因为忽视了小环境，马上可能就面临着饭碗、荣誉、钞票遭磕碰、错位、缩水的困扰，忘记了秦岭的存在，却不会因此回家有石头挡道，登山有荆杖抽腚，正活着突遭氧气管道拉闸，或限量、涨价直至停供的危险。这好像正应了老子的一些话，真正大的东西，有用的东西，在我们心中是无形的，似乎也是没有直接利益和利害冲突的，一旦有形、有状、有物，就小了、矮了、贱了。秦岭正是这种大而无形、无象的物质，因此，在我们的世俗生活演进中，它就退至恍惚、无形，甚至让我们已经感到“不知有之”了。

其实，秦岭一直就横亘在那里，以它为界，在南为南方，在北为北方。我家住在秦岭以南百余里的镇安县，因此，给朋友们介绍时总要说，我是南方人，不过还要补充一句：陕西南方人。据说我们那个地方的所谓土著，祖上来自两个方面军：一是湖广，多为大江发水，逆河逃难而来；一是秦岭以北，史载秦朝时，咸阳大兴土木，奴隶们被成群结队地驱赶上秦岭伐木，实在不堪重负的，就从这边跑到那边躲起来，另谋生路了。直到一二百年前，那儿还称“终南奥区”，也就是不为世人所了解的神秘地方。其实那里的文明遗迹，最早也能发掘到大秦帝国时期，只是一道天然屏障的阻隔，而使关中对它知之甚少而已。

现在，高速路一通，我从西安出发，仅一小时零五分，就能抵达县城，有几次，我先用电话告诉母亲，说要吃焖土鸡，结果，车开到家门口时，母亲刚从菜市场拎着惊悚的鸡回来。据说在20世纪50年代初，镇安的县长到省城开会，骑一匹马，警卫员挎一杆枪，两人来回是要走半个月的。90年代初，我从秦岭南麓调到北麓，几乎每月都要往返一次，那时车少，天不亮，就得到车站挤长途公交车，常常是头进去了，屁股还得外边人用头或膝盖往进顶，勉强揳进去，又常没座位。能看师傅的脸色，蹭在引擎盖上，诚惶诚恐地端半个屁股，就算是十分幸运的了。摇摇晃晃十几个小时，天黑时，两腿跟硬棍一样，扑通一声，戳在西安的大地上，还暗自窃喜：“今天真他娘的顺！”因为一遇雨雪天气，不定就撂在半山上，几天都下不来了。这一切，都因为“云横秦岭家何在”。如今，它十分慷慨地让人们从腹腔打出一个大洞来，南北由此切近，秦岭对于我去路与归途的遥远、高耸、阻隔感，以及“难于上青天”的无奈诗意，都荡然无存。它已实实在在成为我在老家镇安和西安之间，一道薄薄的凿开了门户的“隔壁墙”。

让我们难以想象的是，延绵数千里的秦岭皱褶中，分布着数十个县，这些文明的集散地，不知潜藏了多少故事人物，仅一个镇安，就牵出了贾岛、白居易等数十位历代知名诗人。在这儿一个叫云盖寺的地方，贾岛隐居三年，竟然留下了这样的千古名句：“一山未了一山迎，百里都无半里平。宜是老禅遥指处，只堪图画不堪行。”这是对秦岭山脉最为形象生动的描述。离云盖寺不远，还有一个叫白侍郎洞的岩穴，是因白居易与贾岛等诗人来此唱和而得名。那实在是一个太不起眼的地方，上世纪70年代末，这个洞穴还因一对年轻人殉情而名动一时，后经公安部门查清，是一家庭出身地主的十九岁男儿，“勾搭”上了“根正苗红”的大队支书的千金，婚姻自然受阻，二人双双入洞，用嘴咬响从“修大寨田”工地上偷来的雷管，血肉横飞，遂化蝶而去。如若白侍郎、贾岛和诸位诗人有灵，不知又会写出怎样再传千秋的名句。

想那时的文人，是如何的一种散淡从容情致，仨俩一伙，骑只瘦驴，进秦岭山脉，一钻就是数月甚至几年，写些诗句，塞在布口袋里，见朋友念一念，遇见喜爱的，再用毛笔抄一抄，不上杂志，不求出版社，更不用传媒、网络忽悠，竟然就千古不朽了。现在信息爆炸，人人都自以为红得发紫了，稍多睡一会儿起来，却发现那紫色就变乌了，甚至黑了，反正几天不自我搔首弄姿、抓耳挠腮一番，就黯淡了，就边缘了，就忧郁了，就愤青了，就活得不自在了，就心里堵得慌。如若能放下，学学贾岛之隐，不说在秦岭山中一闷三年，哪怕是三月，甚至三天，也许都是一剂清凉剂。可惜哪儿能呢？我们的魂灵已经被尘世的浮华、欲望、信息死死攫住，生命的脐带已经须臾不能中断与尘世躁动的链接了。

去年“五一”长假，手头接一“硬扎活儿”，实在无法动笔，就下决心准备进秦岭“隐居”一星期，本欲关了手机，谁知去的地方刚好无信号。开始还暗自窃喜，结果待了一下午，就心慌意乱得不行，很是有离群索居、与世隔绝甚至被人遗弃之感，就急忙跑到更高的地方找信号，竟然找到了。就在信号微弱冲进手机的瞬间，我甚至有一种终于“找到组织”的感动，嘭嘭嘭，几个信息急不可耐地别了进来：第一个是问要不要发票的，第二个是让速把钱打到他账号上的，第三个是问要不要窃听器的，甚至还有一个问要不要枪的。最可怕的是朋友连发的五个短信：一、“速回电，有急事！”二、“？？？？？？”三、“怎么回事，还不回电？”四、“真的有急事，速回！”五、“真的不回？再不回，再过一小时就不用回了。”几乎吓出人一身冷汗来。我急忙把电话打过去，朋友似乎很是着急地：“你赶快往回走，还隐居哩，西安的天都快要塌了。”我问什么事，他就是不说，反正让我赶快回。我开始也只当玩笑，结果越熬越觉得好像真有事，快傍晚时，山上一阵乌鸦叫，很是凄凉，我又突然感到一阵无法排解的孤寂，就把包一拎，驱车返回夜光如昼、繁华喧嚣的都市了。走进朋友画室才知道，先是约我吃合阳“踅面”，其实就是一种泡饼，后来又“挖坑”，三缺一，等我不来，又各方敦促，人早弥齐，我只好嘟嘟囔囔坐在一旁，配合人家娱乐了半夜，不过内心倒有一种饱受孤独折磨后的喜悦。由此我想，我们与能够隐居和游走在秦岭深山中的贾岛、白侍郎之间的生命定力及精神的距离，已不是一点儿，而是很长很长，几乎已有千年之久了。

我们总是时常讪笑昔日在终南山中的那些隐者，有些是真隐，没人用，就为民族文化制造一些“不动产”，再不出来了，有的干脆做了道士、和尚。多数隐者，总是三天两头从里边捎出话来，希望组织部门早点来考察，自己已熟透了，再不来就瓜熟蒂落了，实在等不来，也有主动扑出来，亲自吆喝“卖瓜”，直接请求安排的。总之，秦岭山中曾经隐者如织，佳话遍地，不一而足。古之隐士，虽多有待价而沽者，但隐也是真隐了，可笑的是今人，何谈隐，露都露不及，全裸了还怕引不起注意，还得通过各种手段，制造吸引眼球的轰动效应和怪叫声，无论形态还是精神质地，我们都与内涵十分丰富的历史秦岭在分庭抗礼、分道扬镳。现在的我们，基本只打秦岭物质的主意，拼命吮吸着它所产生的负离子，挖掘着它体内的重金属，索取着它身上的绿色植被，偷食或把玩着它悉心呵护养育的珍稀动物，而从生命全息形态把握和精神内存的使用上，正日趋短视、渺茫，渐行渐远。

人类对生态环境气候问题的关注，在大自然越来越强烈的警示中，正进入惊慌失措的议事日程。十分有趣的是，哥本哈根全球气候问题大会正吵得莫衷一是、不亦乐乎时，美国导演卡梅隆的影片《阿凡达》，恰好在全球“震撼上演”，我去看了一场，震撼倒是没咋震撼，感觉还真是有些感觉。故事讲：地球上的人类，终于把有限的资源发掘完了，濒临灭绝，却意外地发现了一个叫潘多拉的星球上，有一种矿物质，可以用来实施拯救，就不顾一切地把现代化战争武器和巨型盗挖工具开拔上去，准备“掘宝”。先是进行政治思想工作，自作聪明的人类，把一个人的大脑与阿凡达人的大脑链接起来，企图通过“卧底”“潜伏”之类的人类惯用伎俩，洗了纳美部落公主的脑，而引诱其族群就范，谁知派去“灵魂附体”的人，竟然被那里的自然和谐所征服，“堕落”成了叛逆者。人类无奈，即对那里的生灵、植被进行疯狂屠戮和捣毁。结果，一切都处在原始自然生态的潘多拉星球上的动植物，瞬间通灵，全面发动起来，与人类入侵之敌展开了不惜流尽最后一滴血的“保家卫国战”，最后自然是正义昭彰，邪恶败北。全片收官那句话说得特别好，大意是：让地球上那些不善良的人回到他们地球上去，善良的可以留下与我们一道生活。只见那些贪得无厌的家伙——被潘多拉星球人称作“战俘”的我们登上外星球进行科考、探险、弄资源的同类——灰头土脸，蔫不唧唧，傻眉搭眼，霜打了似的钻进飞船，滚回地球去了。

影片最美的是潘多拉星球上的风景，用美轮美奂形容，真是再也精准不过。现实中，无论如何也是不可能生成这般完美景观的，唯有人类的想象，才能使这种美臻于极致。据说，这部影片曾在中国的张家界、黄山以及世界许多名胜采过外景，可想而知，是拼贴加工而成。我觉得十分遗憾的是，没有秦岭山脉的华山身影。倒不是希望华山借《阿凡达》扬名，而是这样一部全球都十分看好的电影，没能更加奇妙地展示人类所向往的生存美境，是《阿凡达》不可弥补的缺憾。华山的鬼斧神工、奇险诡谲，华山的生命力度、精神质地，在我所涉足和阅览过的山川图画中，是最具神秘力量的一个。华山我可以年年攀登，并乐此不疲，而其他山脉，登一次足矣。要妙是，华山总给我力量感，给我以脊梁挺拔感，每登临一次，都能平添一些丈夫气概，虽然至今也还没能成为顶天立地的大丈夫，但有华山在，家人和我，就都感到了自己成才的希望在。人们称华山为父亲山，真是再也贴切不过的山呼。而华山是秦岭的魂，是秦岭的胆。

秦岭，美在巍峨苍劲，美在雄浑质朴，美在生态原初，美在包罗万象，更美在人文遗存丰厚，内蕴深邃广博。这里曾经漫山书香飘动，这里曾经遍地诗句迸发，这里至今和尚、道士相携游走，这里千古依然孔庙堂堂，香火袅袅。从战乱中，辞了国家图书馆馆长位子，骑一头青牛，带着紫气由东向西而来的老子，是在走进秦岭山脉后，才留下五千言，然后继续沿秦岭北麓向西，去深入基层，考察调研，而不知所终的。我觉得秦岭能有今天的生态环境，当与老子的文化浸润不无关系。老子由于饱经了战国时期各位霸主的各种"有为"，而见百姓生灵涂炭，便给当下社会开出了"无为"的良方。对于企图成就霸业的诸位"圣人"来讲，谁又愿意听这个老家伙的絮絮叨叨。一气之下，他就从河南老家离开，彻底走向民间，去验证自己的"无为而无不为"去了。

老子对社会的胡乱作为，有一个最形象的比喻，说："天地之间，其犹橐龠乎？"就是我们俗称的"拉风箱"。社会本来好好的，结果一些人总想作为，总想把事整大、煽圆，就把风箱拉得呼啦啦一阵乱响，结果就不稳定了，就动乱了，就民不聊生了。在今天的世界经济争夺战中，大家又何尝不是在抢着拉风箱呢？只听满世界扑扑踏踏拉得山响，今天把石油从陆地、海底、山间抽了出来，明天又把稀有金属从岩石中炸了出来，后天再把东河的水赶到西河，再后天又把北面的山移到南面……总之，风箱拉个不住，一炉热气腾腾中天在摇，地在动，钱在旋，人在转。有人说，地震与人类老在地底下抽气、抽油有关，好像是有些缺乏地质构造常识，但又试想，地底下本来憋得实实囊囊的，突然气放了，油喷了，大风都起于青蘋之末，蝴蝶的舞动都可能带来千里之外的飓风效应，更何况是大地的头颅、腹腔遭无数次挨刀，曝了光，走了气，放了血？无论是否有科学依据，我都相信这个说法有一定的合理性。如若我们都能学点老子，哪怕把风箱拉得慢一点、缓一点、轻一点，也总比全人类都吊在风箱杆子上，把个世界拉得飞沙走石、风雷激荡、昏天黑地，还嫌科技运用不足、管理潜能发挥不够、经济增长速度不够快要强些吧。秦岭与老子走得近些，早早就吃了“偏碗饭”，先前风箱不乱拉，而今风箱拉得慢，所以秦岭反倒是有些“无为而无不为”的意思了。它永远是华夏南北分界线，永远是长江黄河分水岭，它还是中国最大的动植物基因库，更是儒释道相互包容、文明史陈陈相因、历史精英层出不穷、文化巨匠纷至沓来的人文胜地。

老子在他的《道德经》中，一直在寻找一种叫“道”的东西，用八十一章，铺排了五千多个字，还是没能说明白，用他自己的话说就是：能说明白的就不是“道”了。老子所说的“道”，是治国，是治军，是治人，是了解天体宇宙，是释疑人生百态万方，当然不好说明白、说透了，能说明白就简单了，也就用不着人们用两千五百多年的时间长度，来揣摩他的“道可道，非常道”了。我们是小人物，我们的问题，是老子五千言中所捎带着要解决的那些小人物的小问题，所以，这个“道”反倒好找些，我突然觉得，秦岭不就是我的“道”吗？“道生一，一生二，二生三，三生万物”，吃的喝的穿的住的，都由此而生，精神营养又取之不尽、用之不竭。秦岭不张扬，不趋时，不争宠，不浮躁；秦岭能高能低，能伸能屈，能贵能贱，能刚能柔；秦岭耐得寂寞，忍得寒霜，木讷处厚，高瀑善下，它不是我的“道”又是什么呢？

能活在秦岭的南边和北面真好。

过柞水

因为家在秦岭更深处，因而，一年总要路过几次柞水县。当你走出漫天黄尘的关中大地，入终南山的沣峪沟时，第一感觉便是空气湿润清新了。山绿，水绿，连人也想张开嘴多说几句话。特别是炎炎夏日，当城里的洋灰楼、洋灰板晒得脚沾不得、手摸不得、屁股挨不得的时候，你再从城里逃出来，一头钻进山里，就像铁匠把一块烧得通红的铁板塞进了水桶，只刺的一声，温度就降下来了。

柞水在秦岭的那边，如果没有到过长江的人，翻过秦岭，随便在哪条小溪里掬一捧清泉咽下，就算是饮过长江水了，因为这泉，是长江的毛细血管。再往前穿行一段青的山绿的水，就到了被誉为“西北第一奇洞”的柞水溶洞。已经十几年了，这儿的红男绿女，出洞入洞，逛得很是自在。我却因小小在山里长大，见过许多山的大窟窿小眼睛，便对这一切没有了兴致。直到近几年在城里混饭吃，看多了假山、假泉和历经人工裁剪的花草树木，才又突然眷恋起了真真切切的自然山水。

在一个闷热难耐的日子，我们一帮由山地突围出来的文化闲人，又喊喊叫叫回去了。之所以要亲近柞水，不仅因了这里的人均森林积蓄高于世界平均水平，素有天然森林公园之称，更重要的是，这儿的山水几乎涵盖了山区所有奇异、俊秀、恣肆、诡谲的表征。

我们喝着啤酒，穿行在如此赏心悦目的森林王国中，有人就喊叫憋不住要排泄诗句了。结果，喷一些顺口溜出来，终觉得是缺了概括自然的大器。不像当年遭流放的贾岛，骑一头瘦驴，走了三天两后晌，弄得驴瘸人跛的，勉强爬上一座山梁，却又见一堵奇峰迎面扑来，才颓坐低吟："一山未了一山迎，百里都无半里平。宜是老禅遥指处，只堪图画不堪行！"想如今弟兄们都坐着一日千里的现代化小轿车，仅凭窗户里观得的一点浅红嫩绿，就想吟诵出具有生命震颤感的绝唱，那又怎么可能呢？

外面下起小雨了，车窗玻璃逐渐恍惚，只有如泼的浓绿在满世界濡染。我们顺着一条哗哗作响的小河，一直由北向南仄斜。当水声由哗啦啦变作轰隆隆时，我摇醒了身旁的沉睡者说，都跌到瓮里了还睡。他揉揉惺忪睡眼不知咋回事。我说这就是著名的风景胜地——石瓮子，一个只需架两挺机枪，就能要了瓮中千千万万将士性命的"口袋阵"。他观了观朦胧山势说，这里有佛在呢，佛法无边，谁敢动刀枪？谁动谁就会耳聋眼瞎，瘸脚跛腿。问他此话怎讲？言：感觉。

既然有佛，那就去拜佛爷洞。这是庞大的溶洞群中开发较早的一个。百十余级台阶由公路"之"字形向上曲折，当眼前豁然出现一个崖石的半边厅堂时，洞就张开了锦囊绣口。从口入，仅三两步，就有一个能容上千人拜佛的大殿。据说，去年这里还办过舞会，终因面对我佛，凡夫俗女有些畏首畏尾，而使红尘未能在此长久滚滚。其实佛是姿态万千的钟乳。在洞中“三层楼”式的升腾结构中，几乎无处不有佛在。大概是过于庄严、肃穆的缘故，有人喊了声：“那佛像一头憨猪！”顿时，所有被佛法震慑得双膝发软、腿肚子转筋的人，统统都放开了芒刺一样的思维。很快，一切佛，便都幻化成了似是非是的鸟兽，连万古凝结的“佛堂幔帐”，也成了“无戏幕不拉”的演艺场。三个坐卧念经的“和尚”，更成了现代闲人眼中“三缺一”的寂寞等待。佛似乎并未立即让这群桀骜不驯者口眼㖞斜，手脚抽筋，反倒从凡胎无法洞见的地方送来了徐徐轻风，看来我佛也并非想象中的那样见不得人说三道四。

从佛洞出来，入天洞、地洞、风洞，洞洞构造迥异，钟乳仪态万方：或玉宇琼阁，细腰飞天；或阴曹地府，阎罗判官；或曲径回廊，茅棚石庵；或花鸟虫鱼，塔笋柱签。走在阴阳两界，行在人妖之间，追溯着成百万年的溶蚀、刻塑、沉积、淀结，遐想着大千世界的人、情、物、事，便突然觉得洞外关于住房、职称、工资、级别、物价的烦恼，是何等地微不足道。据导游小姐讲，石瓮附近，群山皆空，期待开发的神奇洞穴尚有百余。倘若他日有幸尽游，不定真会堕入迷雾，而愿坐石化佛化仙，甚至化鬼化妖化猪，却再懒得朝洞外走人了呢。

出得洞来，细雨初霁。一瓮的苍翠，引来百鸟唱和声声。粼粼碧波，是在瓮底一溜白色鹅卵石上摇头摆尾。大家的心绪陡然疏朗辽阔，纷纷指点着瓮中比比皆是的美妙处，天花乱坠地设想着给自己也弄一个“闲人斋”之类的书屋。有的甚至奢望在百年之后，能将尸骨运来瓮中，占去弹丸之角，好与佳山佳水同在。却听人说，瓮中的每寸土地，都已千筹万划，度假村、避暑山庄即将拔地而起。 到那时，鱼贯入瓮者，想必多是挥金如土者流。 如我辈清贫之士恐怕只能在这样的大美境界中，嫉妒那逍遥在枝头的鸦雀窝了。

旅游部门听说有舞文弄墨者，便在洞前摆下案几与文房四宝。 果然有人握管挥就了上好的诗句，赢得观者阵阵赞叹。 当一位大作家写下“今作陕南人，来世洞前柞”时，地方名士抱愧道：只有等千山烟囱如林，机声隆隆，厂房座座，车水马龙时，方不亏了你这棵“洞前柞”。 我笑着说：“果真那样，他可能就不来了。”问却是为何？ 我言：那还是柞水吗？

我的塔云山

在我的风景里，塔云山始终是人间最险、最奇、最绝、最美的山，因为包裹在千山万山之中，而一直冷清寂寞着。我就出生在这座山脚下的几间石板房里，这个地方原来叫松柏乡，我父亲在那里当公差。当我第一次视力能够远眺的时候，大概看见的就是这个像刀切斧劈出来的山峰，那是全然孤立的一根通天柱，我奇怪很多地方都把这种山叫了天柱山，而我的这根通天柱，却有了塔云山这样诗意的名声。后来才知道，那是因为我的家乡镇安县，在清朝时出了一个进士，还在朝廷当了很大的官，并且很清廉，名叫晏安澜，是他把一个“祈福求子”的“塔儿山”改成了塔云山，一字之改，自是生出了难以言喻的化腐朽为神奇的功效。塔云山，山似塔，云雾终日缭绕，在五百年前的明朝正德年间，就有道士建观布道，数百年烟火不断，说寂寞，其实也在淡淡长流水地悄然红火着。

我第一次登上去，是在十二岁的时候，学校野营拉练，让我们都背了捆得跟粽子一样的背包，还挎了自削的步枪，别着锅盔馍，一行几个班的百十号人，真像打仗一样，天还没亮，就顺着山脚猫腰往上攀爬起来。那根“天柱”是绝对爬不上去的，我们都是从“天柱”旁边的平缓山脉迂回盘旋而上的。背包和“武器”辎重，在半山腰就被老师集中到一起了，光人上去都很困难，还别说背着捆扎得三扁四不圆的行李和几乎跟人一样长的枪械了。我们都顺手折下一根棍做拐杖，勉强爬上去时，太阳已当顶了。一些女生硬是“赖”在了路途上的临时“收容站”里。强撑着爬上来的，大多也累得够呛，我清楚记得，当我接近最后一级台阶时，脚咋都抬不起来，是先用屁股着地，一个驴打滚，才生生滚了上去。

山上确实很美，几人合抱粗的松树，布满了几座山头，松鼠也许是很少见到这么多叽叽喳喳的毛孩儿，都十分胆怯地四处乱窜着。竟然有同学一个石块飞上去，就见一只松鼠血淋淋地跌在了另一个同学正东张西望的脸上，肇事者立即遭到了老师的痛斥。

那时山上有十几间塌了顶、倒了墙的烂房圈，房圈里长满了野草和青苔。断壁上有依稀可辨的画像，老师说是老子骑牛入关图。在房基四周，到处都是被打碎的石碑，那上面刻着许多字，因为是繁体，我们几乎认不出几个来。但字都刻得非常周正，好看。老师说，你们的大楷几时要是能写到这个水平就行了。有学生问，这么好的字为啥都被弄成这样了？老师说，“文化大革命”“破四旧”么。大家都在破石渣中捡那些相对完整的字，我也捡到了一块，是个“仁”字，比拳头略小一点儿，边缘部位破损得厉害，但总体笔画都在。老师说这些字应该很有些年代了，算得上文物了，可当时，这里荒芜得没有任何管理迹象。我把“仁”字揣了回去，至今还在书架上摆放着。

我们满以为这就是塔云山顶了，谁知玩了一会儿，老师说，这才是过去接待香客的地方，“金顶”还在山梁背后呢。我是一步都不想再爬了，一直磨叽着，但最终拗不过，还是被大部队簇拥到了“金顶”脚下。真是太神奇了，一间白房子，凌空盖在了山石的峰巅，据说里面的“老爷像”就是用山顶石自然雕琢而成。从山坳登临“金顶”，需要爬上几十级台阶，开始，那些台阶还是匍匐在岩石上的，到后来，就蹈空了。那些台阶都是一丈多长錾凿整齐的方石条，它们险象环生地排列在云雾中，石条周边即是万丈深渊，整个台阶是靠两道铁索牵引而成的，摇摇欲坠是它的基本形象。任别人怎么撺掇，我和好多胆小的同学都没敢上去。多年后，我还有这样的印象：当时要上去，无异于有点慷慨赴死的意味。老师也不让年龄小的同学上，第一次登临，我就这样与“金顶”失之交臂了。

可那“金顶”真是太神奇了，回来后，每每看着那个直插云端的山尖，心里仍产生着极大的好奇和恐惧。那间白房子是怎么在山顶盖成的呢？人为什么都要向那么险恶的地方攀爬呢？但那山尖又分明太美太惊艳了，尤其在阳光下，更像是一方黄澄澄的金子，在吸引着冒险家去拥抱，犹如飞蛾面对着美丽的火焰，咋都经不住诱惑，要奋不顾身地扑去一样。终于，我又去攀爬了第二次。这次，自己总算是摇摇晃晃地上去了。

当真的扶着石梯，一步步攀上绝顶后，那里的终极空间，其实只能容纳下三五个人，石雕是一尊观音菩萨。本是道观，却供着一尊菩萨像，这是中国许多名山的共同特征——儒释道合而为一。塔云山尤为鲜明。这里自古至今都住着道士，但它的主峰、主殿，却偏偏供奉的是大慈大悲观世音。

即使在主殿里，我也没敢站直身子，总觉得这间房是漂泊在云海中的。思绪不断穿过在天风怒吼中震颤不已的墙壁，臆想着山脚下我的那洼出生地，在那里仰望这里，那是怎样的一种高度，怎样一个神奇的所在呀！我现在就置身在这个光芒四射的金屋中了。而在这个高度，是以万丈深渊作为深度的，我知道我的脚下，就是那无法测量的迷茫深度。金屋的建筑技术，至今都是一个未能破解的谜，几百年前，在一个无法搭建脚手架的绝壁峭崖上，石条是怎么拉上去的，房坯是怎么矗立起来的，那盖顶的琉璃瓦是怎么一片片插上去的，尤其是那在太阳照射下放着万道金光的白墙，又是怎么粉刷出来的？那是需要怎样的胆量，怎样的智慧，才敢作为的事呀！因而，民间只能把这种后人无法理解的传奇技艺的金，统统贴在神话人物鲁班的脸上了。数百年前的那些英勇工匠们，因为没有图纸与文字的记载，一身绝活，也便都付与消散无常的苍茫云海了。

颤颤巍巍下了金顶，我与同行的朋友们，又在乱石仓中，寻找起了好多年前还捡过一个“仁”字的碑石来。这里已经有所恢复，一个道士不时敲响了让山顶更加静谧悠远的磬声。终于，我们还是翻到了一些破损的文字，我又捡了一个“宽”字，下面那个字只留下了一个无从辨认的脚边，有人说可能是宽厚的“厚”字，有人说可能是宽恕的“恕”字，字迹已有些风化，但字形完整，古朴大气，我如获至宝地拾回来，与“仁”字做了书架上永久的伙伴。

后来我又陪人上过几次塔云山，不再是脚力活儿了，公路已直接盘旋到了山顶，游客也越来越多。金顶我只上过那一次，以后再也没敢攀爬。我害怕那种高度，更害怕着那种深度。断碑残字再也寻找不见了，只有那金屋和苍松，仍是昨日的淡定模样，任由风月揉抚，雷雨摧折，依然沧桑挺拔故我。我也算是经见过天下的一些山水了，但如塔云山这样惊险奇绝的兀立山势，还是有些少见。无论远观，抑或近蹈，都充满了不二的个性风采。现今说好的去处，大多失望而归，那是诱惑者太能说会道了，而我的塔云山，却一直由一帮实话实说的“笨人”经管着，少了夸大、煽惑、欺诈，多了愿者上钩的仁厚者的守株待兔，因而总是没能“做大做强”。我倒是喜欢这样的无为而治。老子讲“孰能浊以静之徐清，孰能安以动之徐生”。从本质上讲，这样的经营，是最符合道家精神的。

我已经离开出生的那片洼地很多年了，但我的书斋号还叫“塔云山人”。我始终向往着我的塔云山的风采和精神，我知道我永远也达不到那种高度与深度，但“虽不能至，心向往之”，有个方向，赶起路来，心里总是要踏实许多。

故　乡

故乡，是人生的起点站，抑或是一个在漂流中停泊过的港湾。人无论走到哪里，都会在梦中，或是成功的时候，失败的时候，兴奋的时候，孤独的时候，想到故乡，想到故乡的人。即使如终生都在旅行，终生有许多时间但却从来不回故乡的李太白，也在某一个月光溶溶的晚上，大概是旅行到了一个非常陌生的地方，没有朋友，没有知音，便窝坐在客栈院中的一张马扎上（一说井栏），一边喝闷酒，一边吟道："床前明月光，疑是地上霜。举头望明月，低头思故乡。"故乡是什么？故乡是一种情结，故乡对许多人来说，也是人生的最后一道防线，最后一条退路。

许多大人物在成功以后，都忽然感念起故乡来，说得头头是道，写得云里雾里。我们小人物，谈故乡便成了一种奢华。但我们毕竟有故乡，虽然在故乡旷工要扣工资，现在超假也要扣奖金，端着同样随时都可能打的碗，看着同样随时都会变的脸，但在故乡的岁月，已被年轮磨尽了尘垢，留下的只是一些发亮的片段，而现在却是一副既装着鲜桃又盛着烂杏的生活担子，因此，故乡便时不时成为我们气喘吁吁的跋涉途中的一个精神驿站。

这个驿站对我来说，基本是每隔一两年的春节才享用一次。它在千山深处，这里没有发生过惊天动地的历史事件，也不可能进行决胜千里的宏大战役，更没有出过彪炳千秋的风流人物，因此地名也就显得寂寞冷清。唯有镇安板栗在省内外还有些影响，据说大吃家慈禧都曾品尝过一两粒，因而，每年秋季，倒是有不少天南地北的吃客，站在热气腾腾的铁锅面前，一边尝着糖炒板栗，一边打问镇安是安康的还是商洛的。近几年，又因黄金产量过了双万两，而使穷乡僻邑声名大振。据说一个故乡的生意人，在西安吃完酒席，因多用了两瓶高档酒，超了预算，最后短了老板娘九块九毛钱，只说回头补上，却被老板娘三攘四损的，气得他一口啐出一颗黄亮亮的金牙，"哨"的一下就把盛王八的景德镇瓷盆砸出小拇指大个眼来，"看这值九块九不？"说后扬长而去。这是我在省城听到的第一个有些使人扬眉吐气的故乡的传奇故事。后来，有文友来信说，他也"下海"开了金矿，并调侃说，要是吃好东西把牙崩了，千万别胡乱补，回去他给弄个金的。我一直盼着缺一颗板牙了再回去找他，板牙却至今牢固得能嚼碎鸡肋。猪年岁末，我就是带着这样一副绝好牙口回去过春节的。

在亲朋家肥吃海喝之余，最深刻的感触是：我离故乡遥远了。这是我离开故乡七年后第一次产生的强烈感受。这种感受是由"股东"二字引起的。在省城我所活动的圈子里，很少听到这两个字眼，而在故乡，股东已经成为人们饭后茶余的重要谈资。这不仅仅因为家兄是商业部门的一个经理，就连昔日的一些文化闲人，也在大谈特谈股份与红利分配，它使我感到了自己与故土的格格不入。在一个名叫金凤的豪华卡拉 OK 歌舞厅里，一位旧友问我愿不愿意合资开发桑拿浴或游泳池，我随便问了一句，得多少钱？他说一人先拿个二三十万吧，那种一掷万金的轻松语气，把我闹得紧张得只会一个劲儿点唱《一无所有》。

这是一个让我过得很不安分的年。我觉得，七年了，我没有真正融入现代化的都市；仅仅七年，我却被故乡遗弃了。难道眼红的仅仅是故乡人口袋里的那几个钱吗？不，我吃惊的是故乡人猛醒的经济意识、开创意识和现代意识，唯有这些意识，才是山里人彻底摆脱穷困命运的大矿藏。我为故乡写过不少鼓吹的文章，而面对今天这样的经济意识的全面觉醒，却深感笔力不逮。故乡，已不再是一个让人喘息、歇脚、松弛、入静的精神驿站，而是一根鞭子，抽得游子在年宴未散时，便匆匆踏上了通往域外的茫茫山道。

一路上我在想：故乡是不能常回去了，因为故乡对游子已不具有一种休憩性。千百年来，一直被军事家作为调养生息之地，被隐者作为恬淡栖息之所的终南奥区，已经成为与外面没有两样的“花花世界”。连歌舞厅里唱歌，也已不习惯于光听别人哼哼，而要自己亲自抒情，有的干脆用英语、日语、粤语过瘾，面对这种充实、阔绰而富有激情的现代生活，我真的感到我是一无所有。当翻过逶迤的秦岭，放眼一望无际的关中大地时，我又在想：这是人家关中人的大地，我是被悬浮在一个无根无涯的空间了。

故乡已不再是需要游子创造和完善的记忆，故乡已经成为对游子构成了生存压力的现实。李太白一生不愿回故乡，大概是因为不被故乡人所理解，把一个天才只当了“酒疯子”拾掇，而使他终生只愿在异地“低头思故乡”。我辈无太白之才，也便没有不被人理解之累。虽说清贫些，却也吃饱了穿暖了，况且又被故乡人厚待着，又不似叫花子回了故乡还是被人鄙夷着，为何不想再回故乡了呢？不想回故乡，正是因为回了故乡才产生的人生迷失与觉悟。

故乡还是要回去的，不过得在自我调整到确立了自信心以后。

商州无言

这是一个喧嚣的时代，人事纷杂，雾里看花，许多本真的东西，反倒默默无语，而花花绿绿的气泡，却到处吹得明亮虚胖，大而无当。因此，面对商州的历史，我真是感到发言的人太少了，而亏了几千年的丰富律动。

据史载，早在尧舜时期，这里便是商国所在。秦设县。商州称州名始于北周宣政元年，也就是公元578年，此前二百多年的建制称上洛郡。历经北周、隋、唐、宋、金、元、明、清以及民国等九个历史朝代与时期的反复切割缝合，最终在21世纪初的撤地建市中，恢复历史沿革下来的商州称谓。商州是一个饱经沧桑的历史治州，同时也是中华文明的发祥地之一。它几起几落，时有时无，一时划归河南，一时划归湖北，一时又划归关中，由于偎依在以秦岭为分水岭这个特殊的地理环境中，因此，它兼有雄秦秀楚的诸多人文意蕴和内涵。加之"一山未了一山迎，百里都无半里平。宜是老禅遥指处，只堪图画不堪行"的特殊地貌构造，历来都被军事家所看好。李自成的部下就曾在此厉兵秣马、将养生息达十余年之久。解放战争时期，李先念、王震、贺龙等中共要员，也曾率军途经此地，留下了至今仍可觅踪的足迹。政治上，因商鞅之变法，秦国出现了政通人和的兴旺景象，而变法者最终遭谗言被车裂分尸，更是成为中华民族历史上永警后世的浓墨重彩的一笔。在经济上，商州曾是南北交通要道，水陆两路畅通。尤其是四溢的河水，曾经使航运事业十分发达，现存丹凤县城西南隅丹江岸上的清代船帮会馆，就是自春秋战国时期以后航运事业兴盛的佐证。因此，南方的文明也随之裹挟而来，连民歌也都是四川与两湖之行腔特征，养蚕、缫丝、织锦等手工业劳作，据说也都曾出现过异常茂盛的局面。可惜如今生态失衡，大河成溪，小溪断流，舟船早已绝迹，留下的，只是四处可供今人“大力发展旅游事业”的现代“漂流”，红男绿女们坐在皮筏子上，随着波势，忽上忽下、忽高忽低地乱喊乱叫一通，那水便在历史的流变中，越来越演化成鸭嬉小溪般的风景了。

商州最值得骄傲的文化珍藏，恐怕要算现存丹凤商镇的“商山四皓”墓了。据载，四位秦朝时皓首银须的智者，为避秦始皇焚书坑儒之残暴，隐匿商山。后刘汉王朝统一天下，邀四皓出山。四位长者虽然也曾帮汉室建功立业，但终又摒弃高官厚禄，毅然归隐山林，颐养天年。他们的率真性情与人格风范，曾使途经商州，专程拜谒四皓墓的李白慨然长吟：“白发四老人……万古仰遗则。”

而商州由于群山起伏、层峦叠嶂、林泉掩映、气候宜人，又使历代文人墨客足迹遍地，墨宝四溢。除李白外，白居易、贾岛、李商隐、杜牧、温庭筠、元稹、柳宗元、司马光，甚至郑板桥、谭嗣同等成百位历代文人雅士，都曾在此留下诗句与画幅，并在民间播撒下了千古佳话与绝唱。 新时期以来，以贾平凹为代表的商洛作家群，多以商州为载体，摹写出了许多令世人动容的人间故事，抒发了许多以商州为载体的人间情怀，并进行着新的具有商州特色的文化精神建构。 虽然力量仍然显得单薄一些，但它与商州的核桃、板栗、柿饼以及秀美山川一样，已越来越成为一种名品与独特风景。

商州是苍凉的，但商州也是热血奔涌的。 随着西康铁路与西南铁路的建设，在这里的人群已显得越来越躁动不安，那是一种骨节在伸展运动中的嘎巴作响和肌肉拉动。 但商州给我的感觉总是默默无语的那种憨实姿态，不太爱对人讲“我爷怎样能干”“我婆怎样能行”“我家后沟埋过清朝进士”“我家磨盘上坐过李自成”之类的昔日辉煌。 商州人比较注重脚下的实际，但这也容易被外人勾勒成人生格局小、气象小之类的“南山猴”形象。 总之，外面一片喧嚣，商州人只默默行动，那片蓝天无语，商州无言。

在伊朗过春节

2001年，就在中华民族传统节日来临的除夕之夜，我们一行三十九人，应伊朗德黑兰国际艺术节组委会邀请，受中华人民共和国文化部委派，前往伊朗进行为期八天的访问演出。当我们背着便捷的行囊，分头往火车站进发时，街上已没有多少行人，出租车零零星星的很是难挡。走进火车站候车室，电视屏幕上的中央台春节晚会已经开始，由于人声嘈杂，什么也听不清，只看见一些烂熟的脸庞像往年一样笑得歪瓜裂枣，想必还是那些翻不出什么新花样的旧货色，大家也就对这种“新年俗”没有了什么留恋。倒是看到一些亲人送别的真实场面，让人感到了年关的存在以及亲情的黏度和黏合力。晚上九点二十七分，我们乘上了从宝鸡开过来的车厢很空的列车，在几百万西安人都沉浸于节日的幸福团聚之中，缓缓驶离了西安车站。站台上，依依惜别者都是一种比平日更伤感的表情，那路灯似乎也比平日显得更加昏黄模糊，只有一双双送别的手招摇得比平日巨大。

德黑兰“曙光旬”国际艺术节已举办十九届了，它是伊朗伊斯兰共和国为纪念推翻巴列维王朝的大革命胜利而举行的一项国际文化交流活动。在去年举行第十八届时，我们就受到了邀请，可就在我们已整装待发的前夜，对方因经费发生困难，突然发来十分遗憾的道歉函，而使出访一推就是整整一年。今年，当对方再次发来邀请函时，开始我方几乎无动于衷，生怕去年的遗憾再次发生。然而，对方一次又一次来函催促，最后是我驻伊大使馆经多方确认后发回电传，认定对方的邀请非常诚挚，在被邀请的十几个国家中，只破例为中国和巴勒斯坦购买了往返国际机票，并连入住的宾馆和演出剧场都已敲定，认为我们应该抓住这次宣传我国传统文化、促进国际文化交流的机会，考虑到本届艺术节参加国家多，影响大，我国传统戏剧又是第一次访问伊朗演出，希望搞好节目质量，确保演出成功。因此，我们便在急促的办理各项手续和准备工作后，踏上了访伊的征程。

初读德黑兰

我们是正月初二晚八点十分从首都国际机场乘上伊朗国际航班的，飞机以每小时八百公里左右的速度向近六千公里远的德黑兰驶去，八小时后，脚下出现了那片看不到边际的辉煌灯火。当我们平稳着陆在德黑兰国际机场时，北京时间是凌晨四点十五分，而当地时间才夜里十一点四十五分，时差为四个半小时。女士们立即按当地宗教习俗包上了头巾，走出机舱后，我们马上便成了众目睽睽的“老外”。艺术节组委会将我们接到一个以伊朗著名边塞诗人菲尔多斯命名的宾馆下榻时，已是国内快天亮的时候，大家人困马乏，很多人都是和衣而卧的。当我们再睁开眼睛时，已是德黑兰时间早上八九点了，拉开窗帘，纷飞的大雪中，另一个世界便赫然呈现在眼前。这使我立即想起了一句如画的古诗："窗含西岭千秋雪。"不过无论窗户还是西岭还是雪，都已不是我们的风景了。

伊朗是一个拥有六千多万人口的国家，而首都德黑兰就拥有一千多万人。这个东西长六十多公里、南北宽四十多公里的世界大都会，可以说到处都是车的河流。据说每日行驶在大街上的小轿车就近五百万辆，几乎平均两人一辆，汽油合人民币三角钱一公升，大概也是汽车多如牛毛的原因吧，反正大街上很少有行走者，即使有，也是来也匆匆，去也匆匆，绝少中国大街上倒背双手走走看看的人的浪潮的汪洋恣肆。房屋建筑大都在五六层左右，据说都是70年代末代老国王穆罕默德·礼萨·巴列维时期竖起来的。自从1979年老国王的王朝被推翻后，又遇上八年两伊战争和美国不停息的制裁，而使这一切慢慢停顿了下来。但城市的整洁程度和井然秩序还是令人刮目相看的。

这天下午，艺术节组委会为我们召开了一个简短的欢迎会，会址在伊朗戏剧艺术中心，一直负责联系中国代表团的戏剧艺术中心国际部主任卡巴莱先生出席并讲话，他首先对去年访伊搁浅表示道歉，然后讲了本届艺术节的主题与宗旨。卡巴莱先生说，今年艺术节定为国际文明对话年，因此专门邀请了中国、德国、英国、意大利、希腊、埃及等历史文明古国参加。而中国的传统戏剧属首次访问伊朗，他们已做了广泛的宣传报道，相信一定会轰动艺术节，使双方进行了一年多的努力变得很有意义。欢迎会后，卡巴莱先生带我们参观了团结剧场，这是一个建设规模很大、档次很高、内外气势都很恢宏的国家大剧院。一层为歌剧院，二层为音乐厅。我们就被安排在一层的歌剧院演出，这是本届艺术节最好的演出场地。当我们走进舞台时，埃及艺术团正在排练，因为语言的隔阂，我们一无所知，在晚上组委会专门邀请我们观看这台节目时，才从翻译那儿弄清了这台名叫《度过生活》的戏剧的简单剧情。一个多小时无休止的情绪冲突，虽然让我们懵懵懂懂，但毕竟还是从相同的喜怒哀乐中，体味到了一点儿度过生活的艰难。

第二天下午，组委会安排我们参观了伊朗王宫，这个已经存在了几百年的豪华宫殿，随着最后一任国王巴列维的出逃，而变成了仅供游人参观览胜的历史古迹。我们不好去评说巴列维的功过，但从伊朗人所表现出的对老国王的某些怀念，已经让人感到了历史的沧桑与复杂。宫殿里陈列着国王与王后用过的家什与古玩，除了豪华、庄严、肃穆外，已没有了昔日决策重大政治、经济、军事问题时的神秘氛围，留下的只是各种精美绝伦的波斯工艺品、地毯、瓷器、油画的艺术震撼力。面对这一件件宝物，确实让人深深为伊朗人的聪明才智所折服，难怪满街工艺品商店里的珍奇摆设让人目不暇接。这个具有悠久文明史的波斯古国，确实拥有非常独特的艺术想象力与创造力。他们把生活完全艺术化了，连住房的粉饰都酷似中国极具匠心的景泰蓝。如此坚强表达自己生活个性的族群，自然会在历史上多次被征服中，“野火烧不尽，春风吹又生”地永远顽强屹立。

两天的初步游览，给我们最深切的感受是，伊斯兰教在这个国家具有无比崇高的精神指导地位。满街都悬挂着已逝宗教领袖霍梅尼和现任宗教领袖哈梅内伊的巨幅画像。无论什么场所，甚至包括飞机上，都有铺设着豪华地毯的祈祷场地。那些虔诚者随时都会匍匐下来，做起神圣的礼拜和祷告，信奉之真诚确实令人肃然起敬。连我们下榻宾馆的每个房间，都有一个指向穆罕默德诞生地麦加的黑三角标示，以使做礼拜者明辨朝向，足见“创造万物，主宰人类命运”的真主无所不在。唯一让我们团两位女同胞不习惯的是，随时随地都要包好头巾，连走在宾馆走廊也不许露出秀发，一旦露出，宾馆服务员便会比画着让你赶快回到房间。另一个不同的习惯是，所有女士乘车必须在男士上完后才能尾随而上，并且只能坐在最后几排。我们留心了一下街上的公共汽车，男女果然是分开的，女士全在车屁股上挤塞着，而男士则很宽敞地架着二郎腿坐在前边有说有笑。同行的男同胞们开玩笑说：“这个坐法应该引进回国内，以便改变我们男人总是殿后的乘车地位。”

时间差经过两天的休整已完全倒过来了，在观光游览中大家也逐渐摸到了一点儿适应生活的习惯。终于，该我们登台亮相了，1 月 28 日，一台饱含中华民族优秀传统文化精神的秦腔古典剧《杨七娘》，在伊朗国家大剧院拉开了帷幕。

辉煌《杨七娘》

秦腔古典剧《杨七娘》，是陕西省戏曲研究院青年团的保留剧目，已上演近二十年，先后进行过多次大的修改，曾完整或抽场到德国、法国、比利时、卢森堡等欧洲国家访问演出。1999 年 5 月在参加德国迈宁根国际艺术节时，被西方众多媒体誉为“一颗东方艺术的璀璨明珠”。同年 9 月，陕西省文化厅外事处调研员陆相林先生在参加德国波恩附近的杜易丝堡国际戏剧节时，与伊朗国家戏剧艺术中心国际部主任卡巴莱先生交上朋友，并推荐了这个剧，回国后，很快寄去了录像带和有关资料，并且在短时期内得到了满意的答复。随后两国文化部门反复磋商，终于在几经周折后，使这台优秀的中国传统剧目再次走上了国际舞台。

演出定在七点开始，但由于伊朗车辆非常多，街上塞车现象严重，因此观众在七点十五分左右才全部入场。偌大一个歌剧院，池座与一、二、三楼全部座无虚席，随着一声中国唢呐与秦腔板胡激越高亢的奏鸣，以及舞台上异彩纷呈的人物形象的演示，顷刻间，雷鸣暴雨般的掌声便在剧场响起，这种掌声随着每一场的落幕和一个又一个精彩片段的出现而起落不止，直到最后形成掌声、口哨声与呼喊声相融会的大涨潮。演员在花的海洋中一次次谢幕，在掌声变成一种齐整的节拍中一次次鞠躬。大幕完全合上了，而对中国艺术家精湛表演仍感叹不已的观众，甚至拥上舞台，与艺术家们合影，请艺术家们签名。新闻媒体更是无孔不入，几乎将所有通道都堵了个水泄不通。至此，我们的全部担心也都荡然无存。如果说一些国人对司空见惯的民族戏曲还有某种鄙薄的话，那么面对欧洲和中东异域观众的狂热与痴迷，一种强烈的民族自信心和自豪感一定会油然而生。其实整个演出观众仅靠说明书上几段简单的波斯语译文就全部看懂了，这充分说明了中国戏曲艺术惊人的表现力和巨大的内在征服力。由此使我想到民族优秀文化遗产的珍视与保护问题，如果伊朗人没有如此强烈的民族文化坚守意识，这个具有四五千年文明历史的波斯古国，就不会给我们留下一切都如此与众不同的异域印象。世界在一片西化的声浪中，即将吞掉一切有个性的东西，而我们能在这种全球一体化的追逐中，留下本民族的文化个性与特色吗?

这天晚上，在我们下榻的宾馆大厅里，卡巴莱先生同我与陆相林进行了两个多小时的交涉，提出了两个问题。一是恳请明天晚上正常演出外再加演一场，观众要求实在太强烈。这件事我们答应了，因为在此前的欢迎会上，我方代表团已做过若观众要求强烈即加演的承诺。另一个要求是，让演出团再留一个星期，为即将开幕的德黑兰国际音乐节做开幕式演出，他说中国古典戏曲太美了，这是音乐节组委会的一致要求。面对这个突兀的问题，我和陆先生面面相觑，因为国内演出合同从正月十三就开始了，如果推迟归期，必将赔付，加之演职人员饮食方面不适应等问题，最后我们婉言谢绝了。但卡巴莱先生笑着说:“你们现在可是在伊朗!”好在这句带着许多内涵的话，最后没有硬性落实在行动上。

1 月 29 日，我们为伊朗热情的观众连续演出了两场，尽管演员们很累，但观众的热切呼应和爱戴使艺术家们忘记了连续作战的疲劳，圆满完成了演出任务，以至在第二天出来的由观众打分评选本届艺术节节目的答卷上，《杨七娘》名列前茅，主演杨七娘的李娟获最佳表演分数。组委会主席马基德·沙里夫考达埃尔先生在专门为《杨七娘》举行的研讨会上，盛赞《杨七娘》是一台无与伦比的美妙戏剧，并幽默地说:“我已为你们定好了下一届来艺术节的机票。”

至此，也使我想到青年团这支英雄的队伍，在国内以及国外，为秦腔艺术事业所做的艰辛努力与巨大贡献。这支平均年龄才三十出头的年轻队伍，自 1987 年成立以来，勤奋刻苦，努力拼搏，在国内每每代表陕西于全国各项大的艺术活动中，频频出手，连创佳绩；在国外先后出访过西欧、北欧、中东等十几个国家，如文明使者一般，把中华民族的优秀传统文化，播撒到了极其辽阔的土地上。不仅艺术精湛，成果辉煌，而且纪律严明，训练有素，每每有国格、有尊严、有人格地把中国人民的深厚友谊，编织到了世界人民大团结的花环上。这确实是一支值得珍视与呵护的队伍，他们是民族的骄傲，是民族文化传播的使者和希望。

回家庆团圆

在伊朗的整个演出与生活过程，自始至终得到了我驻伊大使馆的全面关照与呵护。在我们到达德黑兰的第二天，我驻伊全权大使孙必干先生和夫人及政务参赞郁红阳先生和夫人，就带着几大箱优质水果来菲尔多斯宾馆看望大家，随后又观看了两场演出。大使甚至还兴致勃勃地邀请了古巴等国的大使前来观看中国戏曲。当我们圆满完成演出任务后，大使热情邀请全体人员去他的官邸做客。那天一大早，一直负责为我们联络访问演出事宜的使馆二秘朱自浩先生，就来到我们下榻的宾馆接人。当我们鱼贯进入大使官邸时，大使夫人和其他工作人员早已迎候在门厅，嘴里不停地说："到家了，大家随意！""到家了，大家可以随便了！"望着门口飘扬的五星红旗和亲人似的热情迎接，大家感到一股暖流涌遍全身。女士们迅速抹掉了连演出化装都不允许抹掉的头巾，其他人则纷纷拥向火红的壁炉和宽大的沙发，一切作为"老外"应该具有的风范与礼仪，在这里都抛到了九霄云外，确实有了一种到家的感觉。

中午，大使为我们准备了丰盛的中式自助餐，已被西餐折磨得一进餐厅转一圈就又出来的一些“饿鬼”，面对中式大鱼大肉、面条包子、辣子香醋，几乎激动得不能自持，胡吃海喝一通，连味儿都没尝出来，肚子便填了个闷饱。因伊斯兰国家不让饮酒，一些抗瘾的人在这里也找到了“解药”。总之，是一顿一生大概都难以忘怀的午餐。饭后，艺术家们和使馆工作人员还举行了联欢活动，一曲“树上的鸟儿成双对”，让人感到了乡音的纯美；一曲“千万里我追寻着你”，让人产生身处异域相互依恋的感动；而一曲《难忘今宵》的“共祝愿祖国好”，使大家的民族情感得到了在国内很难感觉得如此到位的升华，这真是一个异样的新春，别样的团圆，酒不醉人人已自醉……

依依离别情

为期一个星期的访问演出就要结束了，伊朗一周与我国通一次国际航班的飞机就要起飞，然而，在机场送行的人仍然胶合得难分难舍。伊方最高礼节是与对方贴三次脸，尽管连二十几岁的小伙子都长满了毛胡子，一个个刮得硬茬茬的，贴得人脸生疼，但这种礼节还是被频频使用着，因为不用这种礼节，似乎就表达不了相互结下的情谊。与大家最熟悉的是两位伊朗刚毕业的学中文的大学生，他们一个叫姬飞，一个叫萨一德，在一周为我们做波斯语翻译过程中，连毕业典礼这样神圣的活动都未顾上参加。三十九人的代表团仅两名翻译，有时他们的头都被我们喊大了，那种应接不暇的神情和忘我工作的态度与精神，确实让我们心存怜惜和感动。在实在忙不过来时，他们甚至叫来了其他一些学中文的同学，这样，也使我们很容易触摸到了伊朗当代青年知识分子的情怀与心声。在深入交流中，我们的感情逐渐融会在了一起。尤其是当我们知道他们最大的愿望是要来中国留学时，我们的脸颊就贴得更紧了。而这种依依惜别的情景，在我们离开团结大剧场，离开下榻宾馆和为我们服务的车队时，已经经历过好几次了。

在伊朗，我们接受所有新闻媒体采访时，记者首先要问的一个问题是：你对伊朗现在的感受和来前一样吗？不一样，确实不一样，并且这感觉很强烈。在有限的历史地理知识里，我们仅仅知道这是一个高原国家，海拔在一千到一千六百米左右，国土面积一百六十多万平方公里，它四周高山环绕，盛产石油、天然气，手工编织地毯异常驰名，且历史悠久，在公元前 6 世纪波斯帝国时就盛极一时，公元 7 世纪以后也曾饱尝列国入侵蹂躏，直到 1925 年建立巴列维王朝后，才逐渐成为一个独立自主的国家。另外，从《一千零一夜》等文学作品中常常读到有钱的波斯商人，总是背着很多金币，到世界各地做生意，尽管很狡黠，还是闹出了许多笑话，等等。近来受西方某些国家对海湾地区偏见的影响，我们也或多或少对这里打上了一些疑问号。特别是去年访伊因对方发生变故而搁浅，更是使我们产生了不好的感觉，认为他们不诚实，不讲信用。但事隔一年，他们经过多方努力，兑现了自己的诺言，邀请我们踏上了这片国土后，更多的事实使我们感觉到，这是一个讲信用且善良友好的民族与国度。有一件事情几乎教育了我们所有的人：一位团员在一个工艺品商店购物，一不小心绊打了一件价值四十多美元的工艺品，因为当时人多，对方翻译示意先别吭声，谁知过一会儿店主还是发现了，追问谁打的，我方团员当即举手承认，心想这下必赔无疑了，谁知对方竟然非常友好地点了点头说：“您是一个诚实的人，您可以走了！”这虽然是一件小事，但确实足以震撼每一个人的灵魂，也足以使我们对伊朗人的素质和精神质地打上一长串感叹号。

我们同伊朗其实在公元2世纪到公元6世纪就有友好往来，当时主要是通过“丝绸之路”进行经济、文化交流，有不少波斯人因此留居中国。而今天，据孙必千大使讲，中伊两国的关系比过去处理得更加融洽，我想这种融洽自然来自信用，来自以诚相待，它和人与人的交往从根本上是没有区别的。然而，天下没有不散的宴席，尽管我们与朋友已经友好得难舍难分，但归国的日期已经不允许我们再逗留。当我们最后登上机舱门口回首夜幕下的德黑兰时，大家几乎是异口同声地喊出了才学会的一个波斯语单词：

“沙朗木(您好)，伊朗！”

“沙朗木，德黑兰！”……

十“看”

看　球

2006年，四年一届的世界杯足球赛刚刚过去，真是热闹扎了，看球的、赌球的、评球的，围绕着球策划活动扬名的，做生意的，真是应有尽有。作为这个世界上的过客，遇上这样的热闹，自然也少不了要往里插一脚。你不插，这一月就几乎融不进社会，什么场合人都拿球做比喻，动辄把满场人就笑翻了，你还不知所云，无论政治的、经济的、文化的，似乎都能把球套进去，拿球说，好像什么都容易明了、透彻、深刻，甚至释然，这球不看了得。最重要的是有脱离群体的危险，什么不好干，怎么要干自绝于人民群众的事呢。再忙，再累，这球不看是不行了。

我每晚拖着疲惫的身子走回家时，老婆孩子就已经把频道锁定在央视五套上了。鞋一脱，往沙发上一卧，就算走进了世界杯。茶几上放着个大西瓜，开了盖，里面放着勺子，常常下意识地就会去挖几下。第一局的上半场一般都能看完，广告出来时鼾声就发作了，这实在是对支持足球赛转播的商家有些不大敬重，可那瞌睡就是让人文明优雅不起来，因此，我始终没弄清，都是谁掏钱让我们这些东方人看了西方人搞活动的便宜。电视里突然一阵炸堂，我会吓得浑身一抖地睁开眼睛：进球了，差点进球了，进了点边边又旋出来了。热闹过去了，挖几勺西瓜，那眼皮便又会撑持不住地耷拉下来。有一晚上电视里突然喊起“万岁”来，吓人一大跳，我是经过了一点儿那个岁月的，那种声音不由得人不从沙发上弹射起来，直到发现一切都安详如旧，才骂了一声“神经病”又睡了。鼻鼾有时也会把自己打醒，但并不影响一浪高过一浪的鼾声的卷土重来。也不知又睡了多久，第二局的高潮就又来了，这时我会坐起来，再把西瓜挖几下，看精彩回放，听说客煽情，吃得满嘴爽快了，又倒头睡下，等再一轮高潮的惊魂。一般来说，十六强以后的进球，我还都通过不同的方式看到了，每一场的结局，也都在一个大西瓜挖得完全见底时了如指掌了。尽管不像人家行家看得头头是道，说得唾沫星子乱溅，写得云山雾罩，但你说啥我还都能心里有谱地点点头，颔颔首，也就算是终于没有在世界杯这个大是大非面前，稀里糊涂得不知如何立足、表态、站队了。

当然，这其中也有因表态不当、站队有误，而差点没惹出乱子的事发生。那是英格兰对葡萄牙的八分之一进四强决赛，女儿是英格兰的铁杆球迷，为看这场球，下午一放学回来就睡了，公然违抗老师的作业布置，对抗母亲的监督管理，静夜时分，提前上好的闹铃一响，一骨碌爬了起来。她母亲也跟着卧到了沙发上，从一开赛，家里便分成了两派，我不得不支持她母亲的

“正义行动”，我们始终说“牙”好，故意把英格兰砸得一塌糊涂，并坚定地预言，葡萄牙必胜。谁知结果“牙”还真的把英格兰给撕扯了。女儿哇的一声大哭，我才意识到把大乱子惹下了。这一晚的政治思想工作，可是比平生的任何一场政治思想工作都费智慧，费口舌，我突然感到了不从实际出发而事后开展政治攻势的苍白无力。直到后半夜娃自己瞌睡了才算了。那一晚上的那个大西瓜只挖了一半，咋吃咋没滋味，第二天给扔了。

一个月的球赛，让我感到特别欣慰的是，始终睡在世界杯旁，还始终没有误工作，并且把比脑袋大的西瓜，掏空了好几十个，这对今年不景气的西瓜市场消费，可算是做了些比较实际的拉动工作，单从这个意义上讲，球也算看得值了。

看　戏

我几乎天天都要看戏，这是工作，有些戏迷说你这工作美得很，我说见天让你吃鲍鱼，你试试。戏迷一想，也是，再好吃的东西，一年三百六十天不换汤头地吃，放谁也有厌烦的时候。有些戏我从剧本一遍遍修改看起，直到安场（初下排练场）、细排、两结合（演员与乐队）、三结合（演员、乐队、舞美）、彩排，每个环节都得过一遍甚至几遍，真正到看演出时，已烂熟于心了，戏的起、承、转、合，故事，悬念，甚至连一些关键道白、唱词都一脉清知，脑子里只有漏洞、缺憾、事故，看戏的所谓艺术享受早已荡然无存了。通常所说的专业人士，我想就是指的这一类只会挑毛病而很少发现好处的人，当毛病越挑越少的时候，再看这个戏的意义就不大了。

全国每个地方都有一些以看戏为生的人，京城集中的尤其多，他们每人每年看戏都在一百本以上，天上飞，地上跑，遇上会演，有人一天看三场，常常会在座谈会上张冠李戴，说《周仁回府》哩，却把《游西湖》里的人物拉出来遛一圈，容易把人弄得不知所云。但有一点儿，他们的意识深处，也是在拼命找毛病，毛病多的自是“烂戏”，毛病少的自是“好戏”，有暗中交易者，当是另一种“戏”了。总之，职业习惯使这帮特殊的看戏人群，也不会产生更多的看戏快乐。

真正快乐的，当是戏迷和愿意走进剧场的观众了。他们是带着审美眼睛来的，业内的细微毛病，他们不易察觉，只要大的关目合辙，便会顺着剧情自然而然地往前跟进，直到高潮迭起，掌声雷动，闭幕后久久散之不去。这是真正的看戏。我平生见到的最伟大的观众，当是关中道的老农，他们是剔尽了一切外在形式与豪华设施，而真正走进戏剧脏腑的朴素看戏者，他们一般是闭起眼睛来听的，只有在唱腔、白口出现了他们所认为的失误时，才会睁开眼来向台上睃一眼，看是哪个角儿出的洋相，等一切又入辙了，他们才会再回到那种特别的“看戏”状态。我以为恰恰是这部分观众，在对非物质文化遗产进行着带有根本性质的保护，而我们这些看戏人和所挑的毛病，有时可能是事与愿违，甚至背道而驰的。

不管我们承认不承认，其实今天压倒一切的精神是效率精神，一切都用效率衡量，我们的许多传统文化，便会在这种衡器的考量下灰飞烟灭。科学既要注重效率，更要尊重本质，如果我们在市场化的浪潮中，要求每一幅画、每一幅书法、每一本戏都能变成现金，或以赚取现金的多少来认知作品的优劣，那么在未来的某一天，可能我们会发现这一代人生产的多是泡沫和过时的垃圾。由此，我在想我们的看戏和挑毛病，是不是缺乏了关中老农身上的精神定力和悠然自得？艺术是寂寞的，这是几千年总结出的铁律，我们突然想让她在一夜间火得跟房地产、股市、洗脚房一样车水马龙，恐怕多少是会有些出力不讨好的。我们在更多的效率原则和市场原则前提下生产艺术，什么时尚往里塞什么，什么赚钱往里填什么，迟早会把包括戏剧在内的所有艺术品都打磨得什么也不是的。艺术是人的精神润滑剂，不是生猛海鲜，灵丹妙药，吃下一口马上就能做冷发热。艺术对于人的作用是水盆显影式的，她应该有一种超然物外的优哉游哉感，面对无所不在的效率原则，我越来越感到了职业看戏的后怕。

看　书

这个话题说的人太多，但见说，就有卖弄看书之嫌，可话又说回来，如今看书还值得卖弄吗？傻乎乎的，与“时间就是金钱”“效率就是生命”甚不搭界，说来道去，岂不惹人耻笑？可看书的人，一遇见好书，就爱介绍读过的体验，就有推荐给朋友的恶癖。几年前我看熊召政的《张居正》，高兴了，先后买过六套送人，后来“检查”时，发现一个也没读，从此我便再也不做花钱还不赚吆喝的傻事了。看书就跟挖耳朵一样，舒服了，自己偷着乐去，何必非要咦哟嗬嗬地把受用喊出来呢？读书人这个爱吆喝的毛病真是讨厌得很。

小时候看书很简单，就是大家都熟悉的那么几本，或者几十本，仅《西游记》《高玉宝》我就看过好几遍，有一段时间中外名著解禁，记得那时弄钱还不是人生主要目的，全民把书读得如饥似渴，我也跟着看了个昏天黑地。后来经济建设了，谁不知道抓钱，好像谁就无异于“瓜坎”了，除了学生被逼无奈，还气鼓气胀地在“为未来能赚更多的钱”“不要命”地读书外，自己觉得需要看书和觉得看书还有用的人，就越来越少了。奇怪的是，看书的人少了，书却几何增长地多了起来，开始进书店还能买几本，后来就买不成了，一是本本都是“精品”“极品”，个个都是“大师”“泰斗”，且精装、线装、丝织、木烫，更有甚者，干脆拿黄金滴鎏嵌镶，把个让人看的书，弄得翻一下还得戴手套，书的本来意义就荡然无存了。最让人迷糊的是，同样的书，“穿一个马甲，好像就认不出来似的”，左策划，右包装，拉长抻展，加水掺沙，一部《三国》，“干煸”了“水煮”，“容嚼”了“易品”，把个读书视线搅扰得比电脑遭遇了病毒还模糊混杂。

其实孔子的《论语》才一万五千字，据不完全统计，仅注解、品读书籍就有两千三百多种，如果盲目进入，一辈子恐怕也钻不出来，何况还有新的解读“大师”在源源不断地输送着更新的“精品力作”，你把这一辈子都搭进去能弄灵醒了？前年我接受一项任务，要写一个《司马迁》的电影剧本，先后用了八个月的时间通读有关史料，开始找传记，仅在西安市面和朋友家中，就搜罗到十一种之多，读着读着慢慢发现，好多说法相互矛盾，让人不知所云。有些情节就连文字都几乎一样，让人怀疑其中必有“文抄公”。后来我干脆用三个月时间啃了五十四万言的《史记》，才发现好多传记都是用《史记》里的情节杜撰的。比如写司马迁“少年壮游”，干脆就把《史记》里涉及的人物故里都走一遍，话是《史记》里的话，事是《史记》里的事，无非找些不同的老婆老汉再说一遍，情节与语言的雷同也就理所当然了。读了《史记》我才发现，我们平日挂在嘴边的许多成语、掌故，原来出处在此，如果仅靠品别人的唾余，那今生把许多书的妙处都是读不出来的。从这个意义上讲，看书是要回到源头的，也只有回到源头，才能在“新渣滥泛”的书市中，不至于眼花缭乱得如堕五里雾中。

古人宋濂、袁枚都说过，真正看书，借是最好的办法，借来你会珍惜，并且人家屡屡催促，你会看得又快又认真，好的地方还会抄下来。这也是避免买书上当的一个手段，不过今人一借去就忘了，还不大好要，书又不是股票、优惠券、打折卡，何必要看得那么认真呢？总之咋弄都不对了。可无论怎么说，书真的是多了起来，比起鲁迅用别人喝咖啡的那点时间读书来看，我们的时间也实在不缺，缺的恐怕只是看书的精神需求和人生必要的优雅了。

看 棋

我并不是棋迷，但对棋迷有一种特别的敬重，我敬重那种专注的神情和生命投入状态。在大多数棋摊上，总要“猴”着一堆人，有的是“君子”，绝对的观棋不语，哪怕下一步就要“打闷弓”，结果“老将”命了，他仍能沉住气，看你还能使出啥解数。有的就是“小人”了，不仅“烂嘴”，而且还爱动手，有时简直是抢，抢着抢着，棋子就有可能崩到对方的额头上，下棋人一出手，这个地方最便捷，也最能解恨，何况从人体解剖学上讲，这里比较结实，料一颗棋子也惹不下太大的乱子，崩一下就崩一下，没出血，揉都懒得揉，就接着看棋了。当然，也有恼羞成怒的时候，要么棋摊子就被踢飞了，要么相互衣领上的扣子就“嘭”地飞到街对面去了。

现在，什么娱乐工具都用来赌博了，象棋可能也未免俗，但总体讲，还是一种比较干净的娱乐方式。局一般都设在大街上，或是院子的最光明处，生怕没人围观、起哄、促摊子，单是这种磊落的摆设，就与赌徒喜暗、喜静、喜偏僻的心理，有了质的区分。在现今这个弄啥都要先讲效益的时代，下老半天棋，竟然与收入无关，那些痴迷者，你能不承认不是一种真“玩家”？下了棋的，好歹还能过过手瘾，论论输赢，那些凑在一边的“看家”，手不好乱动，嘴不便胡说，输赢与自己又无关，瞎忙活半天，“烂一回舌头”，额头还可能招致一“飞子儿”，就确实有些让经济学家们丈二和尚摸不着头脑了。有一个流传很广的笑话，说一个棋迷扛了一袋面粉，路过一棋摊，半边身子勉强“揳”进人窝，一看就是老半天，后来下雨了，那袋面越扛越沉，他竟然毫无知觉，直到摊散人去，他嘴里还在嘟囔：人家“老将”都“歪”出去了，你还架的是个鸟炮！想那厮扛着一袋“稀拌汤”，趔趔趄趄回到家，老婆不给他使几个“治理整顿”的狠招才算怪了呢。

在全民“抓钱”的时代，“不知有汉，无论魏晋”的棋迷，在我眼中简直是超然世外的“另类”。就说那个扛面袋看棋的，咋想都是一个可爱的人，虽然家里人可能不大喜欢，嫌他没有把生命投放在有价值的地方而任凭“风吹雨打”，可他是一个真正有癖好、有趣味的人，癖好和趣味，是一个人可爱的第一要素，林语堂和梁实秋都说过，没有癖好的人是靠不住的。想天下所有老婆，最希望的事，恐怕就是老汉能靠得住，那个扛面袋看棋者，能如此专注地坚守棋摊，在面对家庭，面对老婆时，生活的“面袋子”即使湿漉漉地越背越重，只怕双目也是不会轻易旁骛的。从这个角度讲，家有棋迷，也算是老婆的福分和大幸了。当然，家里都快“揭不开锅”了，如果那厮还蹲在棋摊上不思“柴米”，老婆跑来照尻子踹几脚，也不能怨人家处理问题“简单粗暴”，太不给男人活人的面子。

这个时代，人都太浮躁了，浮躁的根源是急功近利。本领与财富的积累，都是有过程的，有些人一夜暴富了，有些人三天炒红了，这种过程的缩短，导致了整体社会价值判断的紊乱，当人人都企图通过“速成法”，变得“有本事”或“有票子”时，一锅本需要文火熬炖的靓汤，就提前“皮焦里生”地开锅了。听见别人锅里煮得噗噗嘟嘟乱响，也就不能不跟着满世界“胡扑”，大家都“扑”来“扑”去，那张“饼子”也就越“撕”越薄，到了了，还是那些“稳扎稳打”者，最终收获了没有简化过程所历练出的“足金”。达摩面壁十年，悟道成佛，玄奘苦苦西行十七载，方取回真经，我们今天，都跟张天翼笔下的《华威先生》一样，腋下夹个包，不分昼夜地满世界“奔流”，也不知人生的起点和落点在哪里，反正见天都忙得一塌糊涂地“水煮米汤”。有个流传很广的手机段子说：“现在人上班更像下班，下班更像上班；干活更像玩耍，玩耍更像干活；教授更像老板，老板更像教授；‘小姐’更像明星，明星更像‘小姐’；……”从这个意义上讲，一个人肩上扛一面口袋，管它尘世如何喧嚣，物欲如何横流，看棋就看棋，并且能淡定到雨湿面粉还浑然不觉的地步，真是人生的大境界了。无论他老婆怎么反感，路遇这号老兄，我们都不能不向他脱帽致敬。

看　景

无论你愿不愿看，各种景观都会来到你面前，推开窗户，哪怕咫尺之间，又一座大楼的又一个窗户正对着你，那上面挑着文胸、内裤、长筒袜，色彩斑驳，临风飞舞，难道那不是景观。出了门，见一老头，上身赤膊，排骨嶙峋，下束短裤，腿如麻秆，跑得热汗涔涔，紧随一狗，却是仪态雍容，深秋着装，体裹毛衣，还喷嚏连天，那也是景观。进了公园，见一胸阔臀肥的“压秤婆”，水桶一样吊在小树杈上来回晃悠，小树压得咯吱吱，肥婆累得呼哧哧，那同样是景观，不过让人觉得有点以强凌弱而已。至于花草顽石、楼台广场，那就更是大景观了。景无处不在，也无处不得观，套用一位名人的话说，缺的仅仅是发现景的眼睛了。

如果要专门出去看景，那景致就更多了，先前好像一个省就那么几处，或者几十处，现如今，一个乡镇都能弄出个东线一日走、西线一日游来，大量伪造景点，杜撰史实，煽得清水能点灯，吹得死人变活人，不仅把游客搞蒙了，连当地老百姓都以为是撞见鬼了。你如果仅选名点走，那里面也大多变了味，最美好的地方总是与钱瓜葛太深，弄得人不看不舒服，看了气呼呼，再加上各种旅游品的“特色”陷阱，晚上回到宾馆，一盘点，老婆就有可能为老汉或孩子“多饱了个眼福”或“多上了一次当”

而产出一顿臭骂。

有些自然景观确实很美，但却缺乏好的诠释，在国内大多溶洞景观中，不是“孙悟空”，就是“猪八戒”，再么就是“老虎”“狮子”“狐狸精”，连桂林七星岩这样的“老字号”，也不能免俗，许多美妙之处，便在无诗意、无趣味、无创新的絮叨中，让美感悄然消失了。还有一些自然景观，刻上去了太多不自然的欲名垂千古的书法，而使美景徒增其丑，连华山这等“神品”山岳也未免遭荼毒。至于佛塔上的“我爱你”，长城上的“张二狗登临”之类的“佛头着粪”句，更是连绵不绝，千刀万剐不穷。这些属于景给人带来的不快。还有人给景带来的难堪，在今天这个全民旅游的时代，也是竞相亮相，“好戏”连台。几年前，我在安徽开创作会，结束后去品读黄山，未到半山腰，就有两组人马在前面大打出手，我们始终未弄明原因，但见一组比一组下手狠，最后，甚至有穿着十分入时的美女猛扑上去，照着对方男士的要害处，飞起一脚，当下让那男的就窝在地上，双手捂住疼痛点，满地打滚爬不起来。黄山的一切景致在我心中很快就淡忘了，但那美女的一脚，却使我终生想起来都浑身痉挛，再旅游时，在山上遇见美人经过，两只手总要下意识地把什么地方捂起来保护一下。

卞之琳有这样四句脍炙人口的诗：“你在桥上看风景，看风景人在楼上看你，明月装饰了你的窗子，你装饰了别人的梦。”我们在看风景时，其实在别人眼中，我们已然是风景，至于好看不好看，全在我们的行为了。近几年国人腰上别了几个“银子”，蜂拥到国外看景，结果弄了许多标签回来，诸如“随地吐痰族”“高声喧哗族”“到处便溺群”等等，在许多地方，华人旅游团已属“最不受欢迎的人群”而频遭“退单”。尽管“资产阶级”和“资本主义”有它可恼可气可憎可恨的地方，但老用这种方式去“蔑视”和“战斗”，恐怕也不是个长久之法。国人在许多事情上，好像不是一个太喜欢抱团的群体，可在名胜景点、候机大厅和宾馆电梯、走廊、大堂里，却最爱“秀”成堆，或是勾肩搭背地合影，或是脑袋套脑袋地争睹别人的照相成果，或是搞“幽默”说“段子”，动辄“轰”的一声炸堂，招徕四座侧目，还浑然不觉，即便知觉了，也是“管尿它”的大大咧咧，时间长了，拿你无奈的“资产阶级”，就会对你实行“眼不见为净”的“××禁止入内”。

有些人出去看景，纯粹是“干呼呼”，真到了好的景点，未必真有兴致。我在敦煌看莫高窟时，就见许多国内游客，仅只在一层看上一两个洞窟，就坐在一旁等起了同伴，嘴里还念念有词：“都是些泥娃娃，有啥好看的。”然后便拿出手机，弄起了“拇指文化”。有人开玩笑说，中国已经进入了“全民写作”时代。这话还真不是吹的，你看无论何时何地，都见一群一群的人，在手机键盘上埋头“创作”着。如果与外国人坐在一起，他们一般都才进入看书学习阶段，我们就已经在集体“著书立说”了。手机“写作”，不能不说已是我们最夺目的一道风景。

我们看景，也被人当景看，景色衬托了我们的身影，我们的身影能为景色增添和谐的光斑吗？

看　房

这是一个几乎人人都要经历的问题，尽管你有了房，可能还免不了看房的扰攘和泼烦。朋友让你看房，亲戚让你看房，同事有了新房，也免不了让你去“烘房”，总之，人一辈子与房子的联系是最密切的。对于工薪阶层，一辈子房到手，就算是把人生最大的一件事办妥帖了，要不然，好像一切都悬在半空，两只脚再蹬跶都着不了地。当然，有人能弄几套房，那就是另一种弄法了。

房子已成为人生世相的重要看台，贫富贵贱，在这里形成了巨大的落差分界，有些人去看一次别人的房回来，就眼暴筋胀地失衡了心理，甚至觉得有活不成的感觉。我倒没有这么严重，但每经见一次人家的豪华，出来也得辨辨东西南北，不然就突然有一种路径迷失感。一次差旅北京，有朋友带我去长安街旁看一豪宅，一平方米价值三万到六万元不等，水龙头都包了金，建材更是只差到月球上采石料了。走出大门，我觉得是需要调整调整价值观了，不然，就有可能打银行的主意。自那以后，我就不太容易被人怂恿着去看房了。仔细想来，房就是人的一个窝，温馨、洁净、清雅当是最好的境界，何必非要给水龙头和坐便器上都镶一圈黄澄澄的金子呢？这也许有点酸葡萄的追问，但把金子用来包了坐便器，咋想也都觉得是拉得太奢华了。人类在行进中，始终把对物质的攫取放在第一位，虽然极大地提高了生活质量，推动了生活进程，但也使精神世界失去了悠闲、自在与轻快，那些豪宅门口重兵似的看护把守，现代化探头和红外线不分昼夜地窥测捕捉，以及只有在二战影片中才能看到的防御敌人的铁丝网，还有藏灵獒、大狼狗的忠于职守，不正是这种如惊弓之鸟般生活的真实写照吗？

拼命追求离群索居式的富贵感，其实也是限制人身自由的一种过程，鸟们只有一个简捷的窝，才有了到处飞翔的欢乐和歌唱的时间。而人类却在窝的奢华搭建中，耗尽了心血和财力，再加上精神上的防御过度，同类之间的戒备森严，甚至你死我活的主权争斗，到了一决算，付出的成本真是有点太大太大了。

国土资源部门每年都在公布土地锐减的惊人数字，但大小城市仍在水洇宣纸般地快速往开淫浸着，过去一家几口住三五十平方米的房子已感满足，现在说谁住了二百平方米也没吓人一跳。卧室能打乒乓球，阳台能打羽毛球，客厅能学贝克汉姆，后花园还能做跑马场的豪宅，已不是凤毛麟角。与此同时，几代同室、人均不足八平方米的捉襟见肘者，也不在少数。阔绰的更阔绰，龌龊的更龌龊，时间长了，恐怕仅凭狼狗和铁丝网，是不好保证席梦思上粉红色嫩梦之长久的。

我们这一代人，把山上的石头烧成了水泥，把田里的泥巴烧成了再也不能繁衍任何生物的砖坯，然后，再把大片的土地建成森林般的高楼，据说，使用寿命都在八十年左右，八十年后，这些“伐倒的森林”，又该去向何方呢？看来我们不仅是把各类资源疯狂地透支了，而且还给我们正孕育和即将孕育的孙子、曾孙子们，丢下了一个巨大的垃圾场，大家似乎还在暗自窃喜：看狗×的将来咋弄啊！

房这东西真是没啥看头，再往后看几十年，只能看见孙子和曾孙子们，在那片破旧的“森林”中，一边进行定向爆破一边破口大骂着：狗×的爷呀！

看　车

不是我们要看车，而是车随时随地都可能堵住我们的去路，不看不由人。

我真正第一次看车，还是在陕南山区的时候，大概是上世纪70年代初，襄渝线修铁路，部队要到山里拉木料，一条简易公路很快便通了。来的全是“解放”牌军车，开车的也都是当兵的。沾老舅的光，通车典礼那天，他给一个混熟的老兵一盒“宝成”烟，然后把我抱到一辆大卡车上，车一动，我立马失去平衡，一头撞在车厢上，额头蹭去一块皮不说，下了车才发现，还留下鸡蛋大个包。由此我知道，车这东西对人并不温情脉脉，能远离就尽量不要跟它套近乎。

那年月，让我把车看扎了，每天都有一百多辆军车从那条道上呜呜地过去，一看见车队过来，我们便会聚集在一旁数数，时间一长，部队与地方上交道多了，我们有时还能钻进“司机炉”（驾驶室）里到处“野逛”。后来襄渝线修成了，军车再不见了，那条道便冷清了下来。有时几天见不到一辆车，偶尔见一辆，司机比公社书记都牛，脾气大的逮谁骂谁，有时好不容易挤到严重超载的货车顶上，用一根草绳把腰系住，还让人家用长竹竿磕了下来。眼看着人家女孩子就坐在“司机炉”里热热乎乎“上县（城）”去了（那“司机炉”里明明还能再坐一个人的），男的却只能用两条腿拼命地在后面“一二一”。

那时我见到最豪华的车就是“帆布篷”（北京吉普），那是真正权力与地位的象征。在我家居住的小镇，出过一位县团级干部，每年那辆“帆布篷”都会回来两三趟，每次回来，都会成为小镇的“热点”和“看点”，尤其是到春节的时候，但见那家开始打扫院落，不一会儿，公路拐弯处，就见那辆“帆布篷”轻盈快捷地回来了。车有时会在那个院子停几天，一镇人也便都感到了“风景这边独好”。也不知啥时，镇子不远的修车铺也弄回一辆“帆布篷”来，并且整得通体油污，老板娘和一堆娃娃动不动就坐着“帆布篷”上街去买盐打醋。紧接着，贩鳖的、“拐人”的，也都坐着“帆布篷”来了，我就知道“帆布篷”作为权力象征的时代已经过去了。

再后来，车多了，牌子杂了，也就越来越看不过来了。

90 年代初我调到西安，开始人生地不熟的，下午吃了饭没处去，便坐在护城河边，一边看车一边打发时光。慢慢认识了许多标志不同的车牌，那时林肯、奔驰、宝马、凯迪拉克这些名车还属凤毛麟角，拥有这种车的人，在这个城市绝对都是名流，圈内人扳着指头就能把人给你数出来。而出租车几乎是清一色的奥拓，对于工薪阶层，咬着牙坐一回，已是十分奢侈的生活“越位”了。90 年代中期，我去了一趟德国，发现街上所有出租都是奔驰、宝马，连地里的拖拉机都是“大奔”的标志，这不仅让我深刻地感受到了国产汽车工业的落伍，也突然“金贵”了身子，再坐奥拓，就觉得不仅“挤卡”，不舒适，而且还有点“丢份”，遇到重要场合，远远地就提前下来了。对于这种不断作怪的“资产阶级”思想，尽管我时时在自我批斗着，可还是不能有效地矫正过来，并且越滑越远，直到跟全市人民一道，彻底告别“地瓜牛”出租时代。

再后来高档车就多了，并且方向盘很多都掌握在美女手中，这车我也就越来越看不懂了。尽管有身份和地位的人，还能从车号上加以区别，但仅从车的档次看，既不能区分财富多寡，也不能辨别职务高低。我的一个老熟人，八九年没见面了，有一天突然在我散步时，将一辆十二缸进口越野车顶在了我面前，车体的高大威猛，一看就吓人一跳。闲聊中，得知他在山上栽树发了。没过几天，就有另外的朋友告诉我，那家伙骗取国家扶贫贷款，买了一辆高档车，山上连一棵树也没栽，钱已经“浪”完了，有关方面正寻人呢。而现在企业亏损到资不抵债的“漏斗户主”，还驾着一款名车到处招摇的，也不在少数。汽车已经成为复杂世态的多棱镜，它不仅折射财富、身份和地位，也折射人格、品行与追求。

其实车就是人的代步工具，美观与派头都是它的附属品。任何事物回到源头看，便清晰了许多。据说我老家在新中国成立初，县长进省城开会，自己背一个“盒子炮”（手枪），通信员挎一根“汉阳条子”（步枪），拉一匹马，来回要走半个月，而现在，开车只需三小时。当然，都想快速，就又出现了车的劣势。2001年我们去伊朗德黑兰参加国际艺术节，对方的文化官员在会见我们时，迟到了近乎半小时，原因是“塞车”，后来听大使馆人讲，他们在接待外国首脑时，“迟一会儿”也是常有的事。这个城市有一千二百万人口，五百多万辆机动车，平均两人一辆，谁急也没辙。想想西安到两人拥有一辆机动车的时候，不知从文艺路到钟楼，三个小时能到否？

车多了，安步当车又是最好的行进方式，据说走路能走低血压、血脂、血糖，走掉凸肚、赘肉、脂肪，还能走好心脏、肝脏、肾脏，矫正弯腿、歪脖、脊梁，何不甩脚甩手走起来呢？一边锻炼身体一边观景，面对无处不在的“长蛇阵”“盘龙阵”和走不出去的“八卦阵”，看车追尾、“顶牛”，看人发急，骂娘，甚至拳脚相向，就突然觉得在城市里能有路走，便是再也神仙不过的好日子了。

看民工

有一天，我无意间经过一个劳务市场，突然有人喊了一声："叔！"我很是诧异地回头看了看，见没有熟人，就继续往前走，后面又喊了一声："彦叔！"我听口音是家乡的，并呼出了我的名字，就急忙再回过头，见一个灰头土脸的小伙子，很是羞怯地走到了我面前。我并不认识他，他自我介绍说，是我们家族中的一个晚辈侄儿。我只与他的父辈有联系，而对他们这辈人，由于离家太久，户面又大，加之亲戚也稍有点远，就都不大清楚了。他说他在老家见过我，由于晚辈太多，我已没有了记忆。他说他是来西安打工的，人太多，活难找，虽然没有直接开口，我知道是希望我帮帮忙。我实在没有这种关系，就在身上掏了一点儿钱，算是打发了。离开时，我感到了他眼中的失望与无助。过了几天，与一个朋友聊起此事，他说他可以给小伙找个临时活儿，我再去劳务市场，就再也没碰见那双期待的眼睛和那个瘦小的身影了。很长时间我都有些歉疚，怎么当时没有留个联系方式。但从那时起，我就深深地知道，民工群里，有我的亲戚。

由于母亲在县城住着，我每次回老家，只是看看母亲和城里的亲戚，乡下许多亲戚便疏远了。但也不断听到乡下亲戚生活的沉重与艰难，他们很多人都在外面打工，有一年，一个亲戚的孩子在山西挖煤，竟然把腰塌成了几截，煤老板十分憎恶地只给了一点儿小钱，就把人打发回来了。经过一年多的治疗，人虽然勉强站了起来，却是落下终身残疾，再不能负重。有一年春节我回去，看了看他凸凹不平的脊背和终生挺不起的胸膛，再看看年仅十九岁的鲜活脸庞，就不由得心房颤动，泪湿衣襟。他也曾在城市的劳务市场里四处找活，那双无助的大眼睛也曾到处发出希冀的目光，但最终选择了毫无保障的私人煤窑，而使生命质量惨遭毁灭性的打击，直至骨架变形，肌肉萎缩，扣胸驼背，青春不再。

民工是到城市寻找活计的，但他们更是城市的建设者，他们总是被与“脏乱差”联系在一起，当把这些地方修建得高楼林立、花坛簇拥时，时尚的人就进来了，门禁就严了，他们就再也进不来了。他们只能站在远远的地方，对新来的伙伴说，哪块大理石是他们贴的，哪丛鲜花是他们栽的，哪个防盗门是他们装的……但哪一种美丽的景色也不属于他们，把哪儿建设好了，他们便从哪儿离开了，因此，民工便永远不会成为城市的所谓表层风景。在一个特别注重外表的时代，他们自然会遇到各种十分不友好的眼光。更有甚者，克扣工资，施威施暴，谩骂体罚他们，媒体多次曝光的老板逼迫打工仔、打工妹下跪求饶的“奴隶主对待奴隶”般的倒行逆施，不就发生在光天化日之下的现代文明都市吗？一些老板的丑陋，是与他们的经济利益相联系的，而普通市民对民工的轻慢，就完全是时风流弊的深度浸染了。一日，我在南郊的一个十字路口，发现一个协勤员，用一竹竿阻挡红灯亮后的车辆行进，一民工骑一手闸不灵的自行车，车后绑着劳作工具和一块写了几个工种的招牌，一时刹不住闸地撞动了横杆，那协勤员二话没说，上去照民工的瘦脸就是两拳，并用脚狠踢民工的大腿，企图连车子带人都放翻在地，我急忙上前制止，那人见我怒斥之声异常凶猛，才住了手脚。民工急忙加大脚力，离开了现场。就在他“灰溜溜”远去的一刹那间，我突然感到，那瘦小的身影，特别像我那个再也没有见面的乡下亲戚。

在我居住的街道上，有许多没有按要求到正规劳务市场去谋职的乡下民工，他们一大早便聚集起来，为一次又一次的机会形成一个又一个的追逐旋涡，有时到了正午时刻，仍有很多人在啃着干馍，苦巴巴地等待着突然降临的“馅饼”。有的人因得到了一份工作，而精神抖擞向同道告别远去；有的人终日“背运”，无人问津；有的人还因此跌入了“坑蒙拐骗”的人生“黑洞”。我没有什么工作要他们做，因此，每次路经此地，都不敢正视他们的眼睛，生怕使他们在瞬间产生希望，又在瞬间遭受失望的打击。我每每在送孩子上学时，都要远远地向那儿瞅几眼，孩子老问我看什么，我就对她说那里面可能有咱的乡下亲戚。我没有奢望孩子这一代人能对他们不曾相濡以沫的乡下亲戚有什么深度感情，但我总是希望，能在他们的眼睛中，多一份比冷冰冰的水泥路面、水泥墙壁要柔软而又暖意的对待温润了他们父辈的乡下亲戚的目光。

看字画

也只有在盛世，字画才值了钱了。我们每天都能听到，谁谁字价又涨了，谁谁画价又升了，谁谁是胡吹呢，有价没市，谁谁真的红火，去家里排队都拿不到手。我不倒腾字画，却是个字画爱好者，鉴定不了字画的真假，不敢妄论笔法、线条、用墨、布局的高下，只在喜欢不喜欢、养眼不养眼的层次上瞎晃悠。有时见书画朋友面对一幅作品，立马能辨别出真假，就感到很神奇，更感到自己与书画的真正距离。但这一切都不影响我对字画的爱好，就像认不清真假名牌鳄鱼、皮尔·卡丹、老人头，并不影响我穿衣服一样，打假是人家专门关心打假人的事，虽然这种做法显得有点对社会不负责任，可我真的认不出来，还能装?

西安真是个好地方，虽然从上海回来，感到这儿太干燥，卫生也不怎么尽如人意，从北京回来，感到这儿有点小，楼房也没有人家气派，但住久了，对旮旯拐角熟悉了，就觉得这地方，特别适合人居住，尤其是适合有点闲适感的人居住。上海那地方，容易对人产生经济压力，没钱，好像不大好玩。北京那地方，容易对人产生地位压力，没级别，好像活得也不大爽快。西安这地方，就散淡多了，温饱解决了，大小有个能吃饭的差事，活得就滋润了。也许是几千年历史文明浸润的结果，面对碑林、雁塔、钟楼、古城墙这些沧桑遗迹，历史视野大了，看得透了，对眼前利益就会淡然一些。淡然有淡然的方式，人吃饱了穿暖了，总得有个精神寄托，古人有寄情山水的，有寄情诗词的，有寄情字画的。今天，寄情山水的，出去逛就是了，虽然不是过去那个意义上的寄情山水，但坐着飞机、轮船、火车、缆车，把名山大川遛一遍，也总还不失为一种雅兴。寄情诗词的，没有了过去那种你抄我诵的古朴环境，人也浮躁得不大想咀嚼其中的意味，产出和传播链有些断裂，也就成了越来越“小众”的个体把玩。唯有寄情字画者，突然找到了比任何时代都风靡的市场，家庭要挂，单位要挂，宾馆要挂，餐厅要挂，连歌厅、桑拿间、洗脚房，也是要文化一下的，这玩意儿一下就红火的了不得。

谁也无法统计，西安地面到底有多少书画机构，有多少自封的或相互尊奉的主席、副主席，会长、副会长；更不知有多少人，平日都在写写画画，著名的已经著名，不著名的正在努力著名，尽管也有相差甚远者，喜欢把自己介绍为“著名书画家”，或出个简介之类的小册子，以此标榜，但这一不影响社会稳定，二不拖累经济指标，三不妨碍他人存活，即使是吹了点小牛，又有什么关系呢？ 经济界，有人注册几万或几十万元资金，对外就敢吹几千万甚至几个亿。 书画界，尽管也有一幅字画只卖了三五百元，却要说成三五千元的，但与经济界的“浪漫”夸张相比，似乎还算是比较保守的，更何况，没有了这点自信心，笔墨就张扬不起来，因此，书画人吹吹不违法、不影响经济生活秩序的牛，是大可不必介意的。 当然，如果太醉心银两，看谁的书画值钱就拼命模仿造假，那又另当别论了。

也许是这块土地出过太多书画大师，颜真卿、柳公权、于右任，范宽、石鲁、赵望云……因此，树起了这块土地上人的书画自信心，加之碑林、诸多出土壁画和茂陵石刻等历史遗迹的耳濡目染，而使人们手心都有点发痒，不仅寻常百姓爱挥毫泼墨，有的干脆拿一大桶，每早在城门洞子底下就颜真卿、柳公权起来，官员也喜提笔运腕，抒发豪情，连已与电脑接轨的作家们，也群起研墨铺纸，真、草、隶、篆，人物、山水、花、鸟、虫、鱼起来，这种氛围，真是与文化古都的西安，极其协和、般配、融洽了。 更有意思的是，一些书画家，又打开电脑，写起散文、随笔来，连跑遍祖国大地的余秋雨，都觉得西安这种文学书画同流的景观，在九百六十万平方公里的土地上，是一种不多见的文化现象。

尽管这个庞大的书画群体中有许多人永远也不可能真正“著名”，但他们对这个城市的总体文化品位，都是有提升作用的。因为没有数量的聚集，就不可能有质量的飞升，这就像一个名将的诞生，永远伴随着成千上万个无名勇士的流血牺牲一样，仅凭几个人或几十个人，是玩不大也玩不火这种“游戏”的。

在中国古代社会，人们的分工都十分粗放，无论作家、书家、画家，似乎都是第二职业，连书圣王羲之，第一职业也是带兵打仗，尽管作家曾巩在《墨池记》里，详细记述了他磨砺书艺的惊人毅力，但这种酷爱，并没有使他放弃军事管理。颜真卿、柳公权、苏东坡也个个如此，不仅书法、绘画、文章精妙，而且第一职业也干得有声有色。今天社会分工越来越精细，书法家是书法家，画家是画家，作家是作家，官员是官员，技术上可能都会越来越精到，但从综合人文修养与性情练达上，可能就会出现一种技术至上的弊端。从这个意义上讲，专门从事书画者，永远只应该是少数人，他们需要从技术上引领突破，但绝大多数都应该在已有的职场中，把书画、写作作为一种爱好，这种多方位、多角度的融汇、打通，不是也并没有影响于右任、赵望云这样的书画大师的诞生吗。

我曾在一部戏中，写过这么一句台词：“在西安这地方，古城墙旁的公厕里，蹲了十个人，有九个是书法家，还有一个一查，是著名书法家。”尽管是剧中人的一个小幽默，但也是一种文化渴慕与期待。试想，如果有一天，护城河的污水排净了，一城人都在工作之余，拿着毛笔，把个清凌凌的护城河涮得跟王羲之的“墨池”一样墨浪滚滚，香气四溢，那这个古都，又该是怎样一番令世界仰慕的文化气象啊。

看手机

1985 年，一个叫马丁·库帕的美国人，发明了摩托罗拉无绳电话，那是第一部人能便携的所谓“手机”，那一年，我在一个小县城工作，要给几十公里外的父亲所在的区公所打电话，是要到邮局排队的。单位有部城区内电话，因交不起座机费，里边经常发一种直音，再拍再打，均匀的电流声不变。其实早在 1987 年，也就是手机诞生两年之后，就有人把它引进到了中国，不过从“高端”拥有，到寻常百姓普及，先后却经历了十几个年头。

我是 1996 年用上手机的，当时拥有这玩意儿还是比较奢侈的，啥都办齐，万把块钱就没有了。那时我经常为电视剧和一些晚会写歌词，老有人说跟我无法联系，咬咬牙，兜里就揣上了。开始，真有些不自在，一是觉得贵重，老害怕丢失；二是盼着有人往里打，不然，就生些“锦衣夜行”的失落。偏偏有了这玩意儿，有时竟然几天没人联系，急得人老害怕是手机出了毛病，过一阵儿，就要拿起座机，自己往里拨打一次试试。

当一种奢侈品被人们寻常拥有时，它的许多炫目光泽便荡然无存了。记得手机进入市场之初，有人拿着一块“黑砖”样的东西，无论走到哪里，抽出长长的天线，就能“吃了没，喝了没”地“炫”谈起来，虽然有时信号不好，机主得像转轴一样，满地打转找最佳方位，但毕竟不是谁都能“转”得起的派头啊。就像过去时兴镶金牙，谁嘴里要是镶了一颗这玩意儿，见了人即使没有笑的契机，也是要把嘴唇咧开，让那黄澄澄的东西亮一下相的，那也是一种身份、地位甚至财富的象征嘛！ 如今，那种“富牙”和“黑砖”一道，都不见了，新的炫耀物又在不断产生，但无论什么样的炫耀物，随着时代发展，都会成为昨日的“富牙”和“黑砖”。 不过话又说回来，“黑砖”也有“黑砖”的妙处，它不仅能通话，而且能防身，你想那么沉甸甸的东西，无论拍谁一下，脑袋不糊涂一阵儿是不大可能的。 后来手机体积越来越小了，不仅失去了防身的妙用，而且还容易丢失，加上拿手机炫耀的时代也一去不复返了，你在公共场所，尤其是电影院、剧场这些地方，再高声“吃了没，喝了没”，人就不是当初那种有些羡慕和嫉妒的眼光了，而是一种对一个人素质的叹息和公德缺失的鄙视。

手机的出现，不仅缩短了人与人之间的距离，使世界真正成了一个地球村，而且使办事效率加快，繁文缛节顿失，甚至使素不相识者的交流，也成为一种可能。 但副作用也是明显的。 首先是，使这个世界变得躁动不安了。 我们都渴望信息时代的到来，但繁杂的信息，恰恰是导致人失去精神定力的最重要原因，尤其是手机信息的迅捷，已彻底改变了人的生活方式，它使一切躲避、隐逸、封闭、超脱，都变为一种不可能。 除非你扔掉它，否则，无论是彩铃，还是振动，都不可能不调动你关注它的神情，因为，在未知的信息里，可能有你的机会，有稍纵即逝的收获，有如果在第一时间不知晓，就会产生遗憾的忠告，如果你担当着一定的社会职责，还有可能酿成重大损失。 总之，一旦拥有它，便须臾不可或缺，也许就在你关掉它的一刹那间，你就与某种机遇擦肩而过，甚至失去了挽回某种损失的宝贵时间，反正它已成为左右你生活的总开关，闸一拉，你就会有与世界切断一切联系的孤独无助感。记得多年前，呼机流行时，有人把它叫“拴狗链”，那真是再也恰当不过的形象比喻了。比呼机先进的手机，那更是已成为拥有者的生命遥控器了，你已完全不属于自己，而属于手机这个现代科技产品的俘虏、仆从、杂役和走狗尔。

手机不仅使人浮躁，而且由于交往的便捷与私密，还开发了诸多感情副产品。一部《手机》电影，那种精神赤裸感和生活残酷性，给大众的手机人生笼罩了十分沉郁的阴影。这是一部为人最不厚道的电影，它不仅破坏了人的基本信任感，津津乐道着对人隐私权的侵犯，而且使人的弹性生活突然变得针尖对麦芒起来。现代人本身就抑郁不堪的日子顷刻间被撕咬得恐怖异常了。这些感情副产品，是人的原罪之泄露，但又何尝不是手机的作恶多端呢？几千年传统礼教的各种限制，都是在精神与物体的双重隔离中得以实施的，而手机这个妖魔，使各种隔离带变得荡然无存，连恋爱也是不需要约会在花前月下來卿卿我我的，还有什么高招，能使人的情感世界在手机的操控下，再回到单纯、宁静与含蓄、内敛的轨道上去呢？

可能我们都已十分憎恶手机的存在，但谁也摆脱不了它的掌控，就像恋爱中的人儿，十分喜欢对方操纵、摆布甚至虐待一样，我们不能不接听各种有内容和没内容的电话，不能不接受各种有意思还是没意思的信息，也不能不拨打各种有内容还是没内容的电话，更不能不回应各种有趣还是无趣的通知。总之，好像每天有许多时间都是耗费在了手机通话和“拇指写作”上，一旦人机分离，就惶惶不可终日。又是一个星期六，我想试验一天没有手机的生活。办公室和家里都会有人找，一个朋友说，他那儿有一间空房，非常安静，特别适宜写作，我便去写这篇《看手机》。我把手机终于关了，可快到中午十二点时，总觉得有什么事在心里搅扰着，便打开机子，看有什么信息，嘣嘣嘣，别出一串来，上面全是：“你在哪里？”“你还活着吗？”“有要事快回电！”我急忙把电话回过去，原来是几个书法朋友聚到一块儿，正在说我临的《圣教序》。书法是我唯一的业余爱好，谁说我书法有长进，比说我编剧有成绩更让我心旌摇荡。何况大家又是催，又是骂的，我只好把文章结束了，尽管关于手机还有许多话要说，但听人表扬我书法是大事，无论如何，先把句号一绾，我得快去。

女儿中考

中考前一个月，我就给女儿“表忠心”，说那两天就是再忙，也要抽时间陪她一起受煎熬，我终于没有食言，那两天我自始至终与她战斗在一起。我和她妈妈将她送进考场后，她妈妈就忙着回去买菜、做饭了，我则捧了一本闲书，坐在一个阴凉的地方等。那天室外气温在四十多度，开考后许多家长都没有散去，有个男人腆个大肚子，头上还顶着一块花手帕，在校门口绕来晃去，看上去样子很是滑稽，但却让人笑不出声来。其实这种守候的必要性并不大，但家长们仍然要守着，一来是一种心理支持，二来也是怕孩子晕场或出其他什么意外，一旦出来也好有个接应。总之，考场外着急的“太监”并不比考场内人少，心脏的起搏速度也并不比里边人慢。看着分针、时针一点点转动，成长中的孩子也便在我眼前蒙太奇式地叠映着画面。

我一直在暗自庆幸，我们上学的时代竟然是那样没有压力，早上七点一路活蹦乱跳扑进校门，下午四点就箭一般射出去了，然后是上树掏麻雀蛋，下河捞蝌蚪鱼，晚上一般是在院子里逮羊、斗鸡（腿撞腿）、捉特务，晚上九点多就被父母揪着耳朵拎回家睡了，哪里还有什么家庭作业，一身的疲乏基本都是泼命玩出来的。而女儿，我计算了一下，从上幼儿园就有了家庭写字功课，即使园里不布置，家长也是要在乐器、舞蹈、书画上找泼烦的，妻子觉得学钢琴雅，我便急忙迎合着弄回一架金斯波格，朋友说练舞蹈对女孩儿身材有益，妻子又连忙把她送进舞蹈班，反正这些事都只是和卖钢琴的、教钢琴的、带舞蹈的以及各路家长商量，孩子从来都没有讲意愿说感受的民主渠道。总之，只要小家伙有一点儿喘息机会就让人坐立不安，不弄个事把空填满就挠搅得人心慌。大概是从小学四五年级开始，孩子一天的学习时间就接近十三四个小时，早上六点起床，中午十二点放学，吃完饭一点半又得往学校走，下午六点往回赶，晚上从七点做作业到十一点多，完整睡眠时间不足七小时，只有那个讨厌的“黑猫警长”闹钟才是她能够发泄的对象，让人感到庆幸的是，好几年过去了，“警长”的鼻子还没被揍扁，足见孩子的度量、涵养与韧性的非同一般。“半夜鸡叫”之于苦命的孩子高玉宝，那是何等不共戴天的深仇大恨哪！到了初中，就更是“三更灯火五更鸡”了，临近毕业的一年，每晚睡眠已不足六小时，而此时女儿才年仅十五岁，每早由“警长”和我把她从床上整起来，背着四五公斤重的书包，脖子勒得跟长颈鹿一样，步行、坐三轮、挤公交车，且不说心理承受的各种压力，单就佝腰驼背的体力支撑也是需要相当耐力的。我常想，我们再忙，能忙过孩子？我们再累，能累过孩子？我们再苦，能苦过孩子吗？我们把太多的失去硬交给孩子去捡拾，我们把太多的希望强压给孩子去实现，从动机上我们是仁爱的父母，从实际效果上却更像那个半夜装鸡叫的周扒皮。

第一节考试终于结束了，我在人群中寻找着那张熟悉的脸，我最怕看到的是孩子痛苦的表情，一旦出现这种表情，那就意味着她妈妈精心准备的午饭一定不怎么可口。 还好，孩子是笑着出来的，她见我第一句话是：“比想象的简单。”我如释重负地拍了拍她的脑袋：“吹牛吧？”“真的，出题的老师比咱家‘警长’可爱！”从她的一言一行中，我似乎感觉到了牛刀初试的不赖。 在接下来的几场考试中，孩子仍然是把表情写在脸上走出来的，虽然没有那两天的阳光灿烂，但也照射得人心里乐融融的，我想是基本达到了预期的目的。 根据她的估分，那几所特别红火的学校是进不去的，但进一个省级重点还是有可能的。由此我们便进入了广泛的摸底排查阶段。 经过几天的努力，我得出的最大结论是：自己是一锅毫无主见的黏糊子。 眼看报志愿的最后时限已到，手上还捏着一把理不出头绪的牌。 开“诸葛亮会”的朋友们，公说公有理，婆说婆有理，饭吃完了，脚洗毕了，大主意还是拿不出，都只强调要让孩子上最好的学校。无奈中，我把可供决策的各种条件拿到了家庭会议上。

会议是在晚上十一点召开的，与会人是我、妻子以及当事人女儿，这也是她第一次荣幸参加有关决定她的前途命运的家庭会议。 三个人都斜倚在沙发上，先是听我通报近几日的调研情况，然后进入民主程序。 会议开到半夜一点半毫无结果，这时我才发现，其实她们也都在到处摸底排查，眼花缭乱中也都成了十足的糊涂蛋。 哪个学校都有利有弊，进哪所学校也都有易有难，不是路远嫌公交车不方便，就是寄宿怕不安全，还有恐分数不够愣交钱的，总之，定不下一个十全十美的。 不过，在女儿的发言中，我还是听出了她倾向性非常明显的一所学校，顾虑是害怕我们花太多的钱，但她妈更多的还是考虑到郊区寄宿的各种困难。家有千口，主事一人，妻子再次把我推到了“家庭主要领导”的岗位上。我想着女儿整个花季时代的辛勤酿蜜之姿，夜以继日的童工稼穑之态，不忍心不满足她的要求，几乎是不假思索地决定：就按女儿说的办，散会！

这天晚上女儿挤在我们房间打了个地铺，这是她每每在感到孤独无助时采取的一种缓解方式，我感到大家都没有睡好，妻子和女儿在想什么我不知道，我一夜都在不无愧疚地想着孩子长这么大自己所负的责任，在想妻子的辛勤抓养，也在想孩子进这个学校数目可能不会小的学费和找人运作的行动路线图，直到天快亮时才合上眼睛。不知啥时女儿突然窸窸窣窣坐了起来，轻轻喊了声：“爸，再开一会儿会吧！”我问：“咋了？”她说：“我想好了，还是就近上学，这样妈妈也放心了，估计也不用花太多的钱。”我说：“花钱多少不是你考虑的事。”女儿说：“我不能花家里太多的钱，你现在这么忙，又没时间写东西挣稿费，不能让你太累着。”我的眼泪哗的涌了上来，但我不愿意让女儿看到这股泪水，我继续说：“你还是去你最想去的学校吧，爸爸一定要满足你这个愿望！”女儿却是很坚定地说：“我想好了，一会儿就报这个学校，这也是个很好的学校，我不能让你们太费心了，我昨晚都看见爸你鬓角的白发了。”我的眼泪终于泉水般的涌了上来。尽管我们对现行的教育体制有太多的不同看法和意见，有时甚至被逼得无法做文明人地想骂几句娘，但从个体来讲我还是要说，学校对我的孩子的教育是成功的，因为除了知识获取外，她的心底是柔软的，这一点儿使我非常满足。因此我想向教育她的所有老师致敬，向含辛茹苦拉扯她的妻子致敬，更想向披星戴月、历尽艰辛、百折不挠，甚至可以用忍辱负重、日理万机这些特殊词汇来形容的孩子致敬！ 深深地！

生命的呐喊

截至目前我还没有发现哪一门艺术能如此酣畅淋漓地表达一个人的生命激情，如此热血涌顶地呼喊一个人的生命渴望，如此深入腠理地宣泄一个人的生命悲苦——它就是秦腔。无论你喜欢不喜欢，待见不待见，珍视不珍视，它都以固有的方式存在着，不因振兴的口号呼得山响而振兴，不因“黄昏”的论调弹得地动而“黄昏”，也不因时尚的猛料生汆桑拿烹熘蒸煮而时尚，总之是我行我素，处变不惊，全然一副“铜豌豆”做派。

秦腔到底生成于什么年代，至今尚无大家都接受的论断，有人在《诗经》里就找到了“秦腔”二字，当然那个秦腔明显不是今天所说的这个“以歌舞演故事”的秦腔；有人说秦腔原创于秦代，这话初听似有道理，可时至今日也无太多史料可供佐证；还有人说秦腔糅成于西汉百戏涌流长安时期，但研究资料缺乏相互支持，尤其是无成形唱本传世，似乎也不足为取。倒是秦腔成于盛唐之说，不仅有正史野史考据，而且有唐人评李龟年唱《秦王破阵曲》“调入正宫，音协黄钟，宽音大嗓，直起直落”的说辞，这种演唱特点和方法，也正是秦腔至今都在传承效法的正宗腔调，因此可以说李龟年的“秦王腔”，当是有史可考的早期秦腔。

秦腔至明朝已是比较成熟的形态，不仅盛行于陕甘一带，而且随着明末李自成农民起义军的四处征战而流播八方。据载，起义领袖们个个都是秦腔爱好者，有的甚至是高级“票友”，而李自成出身乐户，唱秦腔更是够得上专业水平，因此连军乐都采用的是秦腔曲调。有如此多的说了话就能算数的大领导关心爱护，加之大规模的战争席卷，自然使秦腔得到了前所未有的推进与发展。到了清朝中叶，秦腔更是登上了中国戏曲的霸主地位，在有名的“花雅之争”中，甚至“打败”（引用典籍语）昆曲、京腔，成为一个时代的戏曲最强音。所谓“花雅之争”就是民间与正统之较量，以秦腔为代表的地方戏曲自是花部，而以昆曲为代表的上流戏曲则是雅部。花即旁出、非主流、野路子、下里巴人之意，而雅则是正出、高档、中规中矩、温文尔雅之资质。今天看来，“花雅之争”其实是民间力量对少数士大夫阶层所固守的“小众文化”的一种潮汐与遮蔽，胜败之说似乎有点过于意气用事。所谓秦腔“打败”昆曲之时，正是洪昇写出《长生殿》和孔尚任诞生《桃花扇》的传奇创作巅峰时期，因其思想性与艺术性都达到了太高的境地，随之形成了文人雅士更进一步的雕琢之风，终使昆曲成为“花瓶”，而被广大受众所抛弃。以秦腔为代表的花部戏曲，则带着与生俱来的生命率性与忠孝节义的恒定思维，使观众重新找到了心理适应，它的“杂乐共作秦声尊”的一时显赫当是事物律动的必然。不过这种“香饽饽”时期很快就被代表着士大夫阶层的清政府所搞臭，他们视异常率性本真的秦腔为粗俗、不洁，不仅弄权，而且动武，先是不许秦腔在京城内演出，只让在京郊流窜，后来干脆完全赶出京师，并明令严加禁止演出与传播，秦腔艺人被卖身为奴，其子孙三代不得应试，时有陕西华县一秦腔“大腕”因中举而头颅被“咔嚓”，诸多“粉丝”为其鸣不平悉数遭“严打”……

时间进入公元20世纪80年代，秦地有一叫贾平凹的人写了一篇名叫《秦腔》的散文，异常真实地记录了秦腔在秦地的生命不息，繁衍不止，那种对秦腔生命力的通透阐释与肌理把握，要叫我说代表着这个人散文的最高成就，我甚至预言：秦腔不灭，《秦腔》不忘。后来这个人又意犹未尽地写了一部同名长篇小说，那方面的成就是另一帮人的另一个话题，但仅抽出对秦腔这个生命机体的密码破译来讲，我更喜欢散文《秦腔》的生命概括与直截了当。秦腔并没有因为清政府的“咔嚓”而咔嚓，现在不仅“八百里秦川尘土飞扬，三千万儿女高唱秦腔”，就连甘肃、宁夏、青海、新疆、西藏等地都弥漫着豪气冲天的大秦之音，相反，倒是清政府极力推崇的昆曲至今仍须特别加以保护才能维系一脉香烟，个中情因实在不是三言两语所能道明。

现在让人不由得不冒后怕之虚汗的是，当初秦腔要是被乾隆爷爱上，千恩万宠弄进宫去，先把那些“毛糙”的东西打磨掉，再精雕细刻一番，镶上几颗“金牙”，敷上一层脂粉，洒上一些洋人的香水，让男人像鼻子被捏住了一样做女人腔，最终把秦腔搞成“牙雕”“鼻烟壶”之类的仅供少数人把玩的“精品”也未可知。看来民间的东西走向象牙塔真不是什么好事，秦腔能有今天的红火热闹，清政府绝对是帮了大忙的，要不是他们飞起脚来把秦腔从京城踢出去，让秦腔远离贵族气、精巧气、鸟笼子气，秦腔还真不会有今天的“三千万儿女高唱”呢。

秦腔最重要的品质就是具有生命的活性与率性，高亢激越处，从不注重外在的矫饰，只完整着生命呐喊的状态。我曾经对一位想了解秦腔的外国记者讲，秦腔酷似美国的西部摇滚，喊起来完全是忘我的情态。那位记者在看演出时，见“黑头”出来一唱他就乐了，直说太像摇滚，只是节奏有些缓慢而已，很快，“黑头”又唱起了“滚白”，节奏之快犹如铁锅嘣豆，愤怒之态毫不亚于现代人的愤世嫉俗，他终于对我的“摇滚”说完全信服了。上个世纪末风靡都市的国人摇滚，从某种程度上讲，有点接近秦腔对生命阐释的感觉，但远远只是皮毛，那种呐喊带着太多私人化和情绪化的东西，而缺乏生命的深度，喊一喊就过去了，可秦腔对命运、人性的深层呐喊仍在不惊不乍地继续。我们有时会想当然地把“老戏”归结为宣扬封建传统那一套，那是实在不了解“戏”之“老”，“老戏”对弱者的同情抚慰，对黑暗官场的指斥批判，对善良的奔走呼号，对邪恶的鞭笞棒喝，从来就不曾下过软蛋，且立场之民间更是货真价实，而非伪饰矫情。因而，我对鲁迅先生之于“旧戏”的有关指责，向来都是怀着不敬的，老先生可能看戏不多又喜欢发议论，失之偏颇也就在所难免了。

秦腔是不容置疑的民族最古老戏曲剧种，给个中国戏曲“名誉太祖爷”的名分大概不会引起什么纠纷，在沧桑的世事流变中，多少“嫩花香草”婆娑舞动一番便烟消云散，有史记载的三百六十余剧种而今尚有几多安在哉？可“太祖爷”却始终没有因年事已高而变得声息渐远，相反倒是随着时间推移愈来愈精神矍铄、老当益壮。据不完全统计，仅西北五省（区）就有各类秦腔剧团数千家，甘肃甘谷县人口五十六万，业余秦腔剧团倒有六十五摊，而遍布在这些省区大中城市的秦腔茶园，更是擂台叠加，风起云涌，你方唱罢我方唱，无利熙来也攘往。至于在都市旮旯、校园一隅、乡村背街、田间地头抖动着的秦腔神经，那就更是如繁星眨动，数不胜数。在以弄钱为生命本质要义的今天，尚有这么多人爱着这么“土头土脑”的“赔钱货”，且摇头晃脑，闭目击节，“不知有汉，无论魏晋”，真的已经让外人觉得很是有些不可思议了。

我以为秦腔让西北人百揉千搓而不弃的根本原因是它的阳刚气质对人的血性补充的绝对需要，就如同生命对钙、铁、锌、钾、锰、镁等常量微量元素的不可或缺。若以乾坤而论，秦腔当属乾性，有阳刚之气，饱含冲决之力，而这种力量也正是民族所需之恒常精神，秦腔似大风出关，秦腔如长空裂帛，为了一种混沌气象，它甚至死死坚守着“粗糙”之姿，且千年不变，以便有别于过于阴柔的坤性细腻。精致的时断时续、时有时无，“粗糙”的反倒气血偾张、寿比南山，这便是生命的本质机密。相对于今日一切都追求“上品”“精品”“极品”之奢靡，秦腔同样也面临着死亡的绞索，因为我们也正在自觉或不自觉地向精致邀宠献媚。我们很难抵御“好日子”“真高兴”之类的甜腻“坤”声诱惑，不羁之“乾”腔因缺麻酥酥的蹭痒感而被时尚所唾弃，但一切时尚都是过眼烟云，唯有笨拙的古朴守望才是真正的生命“常道”。无论怎么活着，我们都需要阳刚，需要大气，需要甚至是带着“毛边”的勃发与冲决，那么最好的办法就是先吼几声秦腔。

韧性的婉约

其实秦腔也不尽是阳刚激昂、粗犷豪放，婉约起来那也是缠绵悱恻，呜啭如莺的，它的旦角艺术就表现出了这种轻快活泼、变幻多端的阴柔之姿。不过总体韧性十足，酷似制动皮带上的钢丝牵筋和牛腿肌腱上的白色韧带，任你如何婉转多变，那根筋是离不了大谱断不了茬口的，一旦离了谱断了茬，唱出来就不是秦腔了。那么秦腔的牵筋与韧带到底是什么？我以为就是那种对大悲大苦的生存境遇的痛陈与宣泄。尽管秦腔也不乏喜剧闹剧，但主流仍是正剧悲剧，让观众感到透彻心脾的总是那些“苦情”戏，即使人逢喜事、年关节庆，也没有多少人爱看“耍胡子”（轻松闹剧）戏，哪怕把他逗得笑出眼泪，乐得满地打滚，离了场子仍要把头摇得拨浪鼓一般，觉得没有过足戏瘾；可哪曲戏若能让他美美哭一鼻子，甚至回家几天想起来还能抽搐几下，那他就会如嚼甘甜，经年抿而不化。这就是秦腔皮实、韧性、硬扎的生成缘由，即使坤性表达，也始终坚持着韧性的质地，谁要把握不住这个特色，谁就有了保不住饭碗的危机。

我第一次看秦腔《铡美案》，实在觉得有些吃力，先不说那撕裂肺腑的腔调，单说剧情的重复啰唆，就够让人觉得泼烦了，我甚至跟朋友开玩笑说，秦香莲被陈世美最终抛弃，与她见人就爱唠叨自己老公的不是有关。用今天的编剧法来看，这个“打本子”的老先生简直就是缠了裹脚布的“王大娘”，逢场合即解开来原模原样地再缠一遍，“苦情”是“苦情”，可一旦跟祥林嫂似的，见人便说“我真傻……”，看官就会觉得是神经出了问题。后来由于工作原因，把这曲戏看得多了，且老与乡间观众坐在一起，就越看越有了味道，那些重复多余部分，恰恰是观众最叫好的段落，由此，我们也不得不重新审视传统戏曲的诸多天成法则。得以千古流传的“老戏”，始终是以能最大限度引流观众情感为故事推动机制的，只要能动情，连合理性也是要“大胆忽略”的，更何况其他今天看来是太缺技术性的巧妙手段。其实，看似不巧的编织正好藏着大巧，试想，任何戏只要能死死缠绕住看官最敏感的那根神经，又何愁他的两个巴掌不下意识地朝一块儿集结呢？

其实《铡美案》的故事并不复杂，秦香莲反复诉讼的一段唱词就基本说明了来龙去脉：“秦香莲跪轿前心惊胆战，包相爷坐上边细听民言。提起我家乡路遥远，湖广郡州有家园。我公父名叫陈洪范，我婆婆康氏是大贤。所生一子陈世美，送他南学把书观。大比之年王开选，一家人送他去求官。天不幸本郡三年旱，饿死了黎民有万千。草堂上饿死了他双父母，无有棺材好可怜。无奈了我把青丝剪，拿在了大街换铜钱。买来了芦席当棺板，才把二老送坟园。乡党六亲把我劝，劝我上京找夫男。跋山涉水苦受遍，沿门乞讨到此间。我到宫院把他见，他拳打脚踢赶外边。无处立身古庙站，他又差韩琦杀家眷。那韩琦不忍把我斩，又送银两作盘缠。哄我母子出庙院，他执刀自刎古庙前。把钢刀银两交当面，望相爷与民伸屈冤。”再后边就是包相爷不畏权势，用龙头铡切了陈世美的脑袋。就这样一曲善恶昭彰的戏，也不知演红了多少代名伶，愉悦了多少代观众，反正直到今天仍是所有剧团的看家戏，谁若唱不了包公与秦香莲还想出门“写戏”（走市场），除非不怕人笑掉大牙，甚或踢踏了摊子。

平心而论，这曲戏的文学水平实在不敢恭维，尤其是唱词，更是写得不好详细推敲，但那种通俗易懂和约定俗成，已不敢有任何人修订只言片语，因为成千上万的观众在看这曲戏时有可能是闭着眼睛只听不观的，妇女们可以尽情地纳着鞋底，甚至择着芝麻、绿豆，男人们则滋润地吧嗒着旱烟，那长长的烟锅轻轻在膝盖上磕击着节奏，只有在哪一个习惯了的字没有唱对时才会把眼睛睁开来向台上剜一下，看是哪路神仙有这么大的胆子，竟然连戏都没学会就敢出道唬人。我想这才是真正的戏曲观众，真正的秦腔内行。经久不衰的大秦之腔，正是因为有了这样一群人的生命投入，才显示出永无止境的生命路向。

在不断推进民主进程的今天，我们也常常听到对清官戏的批评，甚至有人叹惜秦香莲不必死死咬住陈世美不放，何不自强不息，重新塑起一个自我来，有的甚至把这归结为一种新观念。我想，在面对千千万万没有能力重新站立起来的“秦香莲”面前，如果包老爷说出这样一段台词：“香莲哪，相爷我叹你不幸，怒你不争，你当挺起腰杆，回到郡州一带，饲果子狸，养荷兰鼠，兴蚕务果，抓蟹喂鳖，发展经济，人格独立，何须与陈世美死缠硬磨，你们文化差异如此之大，即使相爷我强行让你们旧梦重续，迟早还是稀泥糊不上硬墙，何不就此打住，唤醒自我，昂首走进新天地呢？ 你就带着两个小孩去吧，相爷坚信你会有活出自己的那一天！”此时台下的观众若不圆瞪两眼，拿起石头砖块砸扁“包相爷”的大黑头才怪呢。 我们在指斥清官戏和叹惜秦香莲时，忽视了一个最基本的现实问题，那就是身负重债又拖儿带女的秦香莲怎么才能走向富裕自强之路的问题，也正是当初鲁迅先生所思考的娜拉出走以后的问题。 秦香莲把一生的成本都压在了陈世美的仕进之途和父母孩子身上，当她苦心经营的果实鸡飞蛋打，且差点招致杀身之祸时，又怎能忍气吞声，装聋作哑，再去重搭锅灶，另立生活？ 从这曲戏里我们恰恰看到了现代意识，那就是诉诸法律、揭露真相，索要成本、惩办恶人。当然，“天理昭彰”“善恶分明”这些词一出来，似乎就与“现代意识”有些不搭界了，在一些人的所谓现代意识中，善恶是不能分清的，一分清就传统，一界定就陈旧，模模糊糊、朦朦胧胧、混混沌沌、糊糊涂涂，甚至连自己都搞不明白的时候立马就现代了。 这玩意儿放到最广大的戏曲观众那里，实在是无法玩出才情和思想来的，你整得再高明再西方再现代，我就是不买账，你只能白瞅两眼半，这也正是当今诸多“精品”出产之日即死亡之时的根本原因。 听说某地出了一本戏叫《陈世美喊冤》，据考，陈世美这家伙还真是有点冤情，当初是他考上状元，同行者希望得到照顾，谁知这家伙跟老包一样铁面无私，弄得几个老乡心里很是有些不快，便一路写戏作践陈公，直至酿成千古奇冤。我想即便真是这样，这个文字案也不大好翻，哪怕你把戏写得再有趣再煽情再里格楞，我都怀疑这曲戏的传播可能，就像上海某位艺术家因人权思考把秦桧捏弄得站了起来一样，不管缘由对否，你要拿棍在庞大受众群的精神心理积淀层乱搅，咋都会落个没事找抽的结局的。

秦香莲的形象塑造，在秦腔的旦角艺术中占有很重要的位置，这不仅因为她的唱、念、做功需要很高的技巧，更因为成千上万的观众对她有太高的期待，过之则显泼恶，欠之则显柔弱，唯有不瘟不火，韧性中透出婉约，刚毅中强化内敛，豪放中平添阴柔，方能让观者同情、爱怜、愤慨，继而得到美的愉悦与享受。我以为秦腔旦角最能代表秦腔精神的是正旦秦香莲的形象，她受尽屈辱，却饱怀抗争，既心存怀柔，又满腔悲愤，一个秦腔女演员如果扮相周正，身架端庄，嗓音宽厚，即值得在此角上倾注一生之气血，因为我们的社会不会越来越少秦香莲的同情者，因而，众生的精神钙质中就不能不补充秦香莲式的斗争精神。但愿包文拯同志（从除暴安良角度可以结成的统一战线）也能永葆青春，豪气长存。

深厚的根植

秦腔有一曲戏叫《三娘教子》，又名《王春娥》，也叫《双官诰》，故事取材于李渔的《无声戏》等小说。其实很多剧种都演过这戏，京剧大师梅兰芳、尚小云、张君秋都曾以不同流派表现过“教子”的茹苦含辛。而秦腔演过此剧的名家更是不胜枚举，可谓群星灿烂，流派纷呈。故事说的是明代有一叫薛广的儒商，娶了三个老婆，家大业大，不得不长年奔走于江河湖海，追求营销利润和剩余价值。看来老薛的经济思想、管理手段和运势手气都不错，一次就让信得过的同乡捎回了五百两白银，这在今天折合人民币也是一笔不小的数目。谁知这位老乡早已沾染上今人见钱眼开、不讲诚信且心狠手辣的毛病，竟然暗中把老薛“做了”，并空置一棺于荒郊旷野，言说老薛已暴死他乡，便一口吞下了巨金。本来爱情基础就不咋牢靠的一妻一妾，很快卷起铺盖各奔了前程。留下小妾王氏和老仆薛保，带着大妾刘氏改嫁时因不能“拖泥带水”所遗下的儿子倚哥，以织布为生，艰难度日。谁知倚哥年幼无知，在学堂被同窗讥为无娘之子，回家便不认养母三娘，饱含委屈的三娘立断机杼，以示与养子之决绝。后经老仆耐心细致的思想工作，三娘终于笃诚教子，倚哥也发奋读书，若干年后，落入“老戏”窠臼：高中状元，并且还给养母挣了顶“诰命”的红帽子。这时，死而复生的老薛，不知咋的突然也给扑了回来，而且还摇身一变，混了个级别相当不低的“高干”身份，捎带着也给春娥弄了身“诰命”的霞帔，由此苦命的三娘以“双官诰”的社会地位，步入五彩名利场，进入温柔富贵乡。

这个戏的套路实在没有什么新意，结局更是怎么批评都不无道理，据说本戏早已无人演出，原因是新的婚姻法实行一夫一妻制，一个人再能行，也只能公开娶一个老婆，老薛这家伙公然就整了三房，再演出这样的剧目，社会效果不大精神文明。其实我看这不是主要原因，民间有些剧团也未必都能“红灯停，绿灯行”，而真正的原因还是观众对精粗的无情取舍，与其吃烂杏一筐，不如尝鲜桃一口。《三娘教子》一折就是这本戏的“鲜桃”所在。很多传统戏在流传过程中，整个“身架”都不见了，常常留下的只是“一只胳膊”或“一条腿”，反倒更见全剧之精神，这使人不由得想起那个被无情地“砍掉”了两个膀子的维纳斯。艺术的创造和传世工程，常常与精致和故意相背离，你越是想完美，反而个性全无、黯然失色，你越是想传世，反而出世即朽、精工殆废，倒是那些带着天然缺憾和不经意之作，人们却“明知故犯”地倍加珍视着，传统折子戏的传世法则就充分证明了这一点儿。

当然，秦腔《三娘教子》之所以能被世代传唱，根本还是它的思想内涵在起作用。民族戏曲始终有一个宗旨，那就是“高台教化”。民间把各种娱乐活动的功能其实是分得很清的，要社火那就是耍，不要求你有啥“意思”，而一旦唱戏，“没啥意思”就成了“糊弄人呢”，因此对于戏曲的过分娱乐化追求是行不通的。传统经典剧目的形成过程，就是一个对受众有多少“教化作用”的筛选过程，更确切地说是一种艺术、思想、宗教、哲学的沉淀过程，还没有哪一曲久演不衰的剧目是纯娱乐化的“耍戏子”作品。娱乐仅仅是艺术的一种外在手段，并且是多种手段中的一种，艺术的本质是对人类进行严肃而深入腠理的思考，因此，我们必须对那些推崇“观众进剧场就是来找乐”的纯娱乐化论调予以高度警惕，那其实是为钱而急红了眼的“杀鸡取卵”法，它恰恰是导致戏曲更加低俗的砒霜、敌敌畏、“三步倒”。

《三娘教子》说的是养母的艰辛，并由这种艰辛唤起养子做人的良知和信念，从而使他步入良性成长的轨道。在秦腔的上千个戏本中，劝善和劝学的作品占有很大比重，那种潜移默化的作用之于广袤的西北大地，甚至比所有政治、宗教、教育都更具有深刻性和普遍性——在新中国成立以前这起码是不争的事实。农村人的历史、地理、文化甚至包括伦理、道德、价值观，有许多是从“高台教化”中获取的。秦腔有一折戏名叫《打柴劝弟》，本戏也已不传。它是以兄长打柴养家，劝顽皮的弟弟发奋读书为故事线索演绎而成的，尽管只有短短的三十几分钟，但却演红了许多梨园名伶，与其说是演员的作用，不如说是市场的渴求，是因为广阔市场需要这种劝学的教化，才有了一折编织并不怎么精良的小戏的名著化、经典化。我甚至觉得“老戏”的劝学比今天的各种“劝学”更具有“道”和做人的认识价值。我们今天劝人学习似乎更多是在“器”上做文章，“道”的成分越来越微乎其微，如果说过去的劝学是培养了一代代的所谓“封建人格”，那么今天培养了一大批只重“技”和利益攫取的“经济人格”就文明了、先进了、现代了吗？有时许多事物的变化仅仅是用华丽真理遮蔽朴素真理的一个过程，剥开来看，其核心往往是最朴素的东西最具有耐久力和实用性。

在韩剧“肆虐”“侵略”“扫荡”中国大地的时候，我也利用一次患重感冒的机会，打着抗生素，戴着有色眼镜，审视了一回百集长剧《大长今》。开始我完全是用怀疑、挑剔和批判的眼光在里面找毛病，这也是职业病之一种。找着找着，可能是感冒期间身体抵抗力差的原因，竟然给一头“栽”了进去，有一天甚至被迷惑长达十八个小时拔不出来。后来我就成了《大长今》的义务宣传员和李英爱的“粉丝”，这在一个过了不惑之年的大男人来讲，实在是一些欠缺精神定力的“马卡”（老陕俗语，意思是说没个正经形状）表现。我在网上也看到一些民族艺人抵抗韩剧的慷慨陈词，并且有些演员也是我所喜欢的演艺明星，可他们“连一集都看不下去”的审美痛楚，还是让我有些颇费思量。我以为《大长今》给我们最大的启示就是民族传统文化“出击”力量的不可小视，剧中充满了汉字、中药和饮食文化这些中华民族的国粹，它的思想内核更是坚挺地表达着“抑己利他”的儒家正统价值观念，且劝善、劝学、劝做好人，从骨子里透出的都是“全盘中化”的哲学意蕴。有意思的是这些让我们“看不下去”的东西却风靡了整个亚洲，甚至真正走向了世界，真是有点他娘的他婆的甚至他祖奶奶的。先别说韩国人大打文化牌、猛赚文化钱的“险恶用心”，单说这牌竟然能打得让我们有点斜鼻子瞪眼地招架不住，从技术上也是值得我们内省和反思的。难道我们就不能利用祖上这些已经被“瞧不上眼”的“烂芝麻陈谷子”，也去对亚洲乃至整个世界“险恶用心”一把？韩剧的成功给我们的应该是信心，而不是恼羞成怒，这个信心就是中国文化对西方文化全面兜售的有效抵御和应变抗衡的可能。由此我对民族戏曲的存活与拓展潜能也有了更加乐观的认知和提升。

民族戏曲是中国传统文化烙印最深的一种文学艺术样式，她饱经沧桑，历尽磨难，走到今天剩下的战斗气力已经不多了，她几乎有些像徐悲鸿笔下的那幅油画《老妇》，应该是到了享受各种“养老”和“医保”的年纪了，却仍要受到各种冷嘲热讽和指斥，这真是我们文化的最大不幸。在前不久举行的诺贝尔奖颁奖典礼上，大不列颠及北爱尔兰联合王国的获奖剧作家品特先生，缺席发表了一段演讲，竟然只字未提获奖之事，倒是把小布什和布莱尔进军伊拉克的事猛批了一通。由这件事使我们看到了人类优秀知识分子所焦灼的问题和生存境界，不似我们的一些“牙客”（关中话中指那些嘴特别能咬的人），总是要在传统文化里咬出“大规模杀伤性武器”来，咬来咬去，把自己的咬没了，食了人家的唾余还得不到奖赏，真是悲哀得不知该用什么掌嘴才好。

传统戏曲中糟粕确实不少，但她在与社会的磨合过程中，已自觉不自觉地剔除了诸多不合时宜的部分，永远撼不动的是社会的伦理架构和忠、孝、节、义这一块。我在去年先后翻阅了三百多个秦腔传统戏本，大多都是讲忠义、诚信、侠骨、节孝的，里面确有“吃人”的东西存在，但这类戏已大多不再演出，永不落幕的总是那些正义战胜邪恶、好人斗败恶人、善良终落好报的

“团圆戏”。其实莎士比亚也不尽是悲剧，他的诸多戏剧也是要“皆大欢喜”的，因而，拿西方人来做参照系，民族戏曲的这种“套路”也是不孤单的。更何况给小人物、善良者和好人以希望与出路，恐怕也正是文学艺术所应承担的责任之一。我们在面对小众时，尽可以探索人类的黑暗、龌龊和没治，但作为面对大众的戏曲艺术，尤其是面对希望在戏里找到希望的普通观众层，我们恐怕怎么都不能把那点微弱的暖光掐灭了。其实这一切担心也都是多余的，千年秦腔史从来就没见谁有那么大的手能把什么掐灭了。那种深厚的根植，任你怎样的铁壳嘴也是咬不扁嚼不碎撕不烂的，根本是因为她的气血与接受者的文化基因浑然一体，无从剥离。因此，永远也不用担心秦腔这口老唱会被什么新鲜玩意儿冲击得溃不成军。尽管年纪是大了，外形也不怎么俏扮了，时尚更是只给她冷脊背了，可她的牙口、身板、膂力即使不享受“劳保”“医保”“遗（产）保（护）”，也还是能自我扑腾下去的，因为有千千万万珍爱她的人自觉自愿搀扶着。

不朽的周仁

秦腔有一曲演得最火的戏叫《周仁回府》，有人甚至说，这曲戏堪称秦腔的代名词，几乎每个唱小生的都涉足过，即使不能唱全本，“回府”一折也是必备的，若连“回府”都唱不了，对这个小生演员似乎就该打疑问号了。这曲戏唱起来确实有相当的难度，一是要好嗓子，二是要好做功，其中有些功夫还属于秦腔绝活，“单撇子”演员是拿不动这个角儿的。许多演员为了演好周仁，便私下里下暗劲，而艺术恰恰是这些背地里的“暗”功课，造就了舞台上的“顶级豪华”。越是有人用功，这个角色便越炫目，角色越炫目，也就越发有人愿意用功，因此，秦腔舞台上便出现了许多精彩绝伦的“活周仁”。这曲戏，也便随着层出不穷的“活周仁”，而愈发热门走俏，并传之久远了。

据说这曲戏的最早版本来自陕西渭南皮影，民国初年由秦腔大家李云亭搬上舞台，经过诸多“周仁”和舞台编导近百年的历练，才逐渐成为今天这样一个观众耳熟能详的风貌。它的核心价值是“忠义”二字，因此，早期剧名也叫《忠义侠》。故事的祸根是由严嵩老贼引起，明朝的这个大阁老可是没少给他们的类、群和时代丢人，这家伙精于权谋，又贪财好色，见了钱物就想搂，见了美女就想扑，特别适宜于编“脸谱化”的戏剧故事，因此，戏曲舞台上有关他的形象可以说层出不穷，想“老贼”怎么坏他就能怎么坏，许多才子佳人便在他的淫威下，升华成英雄烈女了。在《周仁回府》中，老严（连场都没出，属总后台那类角色）依然玩的是那一套，满腔坏水，喷溅忠良，一个叫杜鸾的老臣被他弄进大狱，儿子杜文学有一美妻，又被老严的干儿子严年盯上（戏曲舞台上凡严府出来的大多都是“臭鸡蛋”），为了把杜妻搞到手，严年又弄权发配了杜文学，故事由此牵出了侠肝义胆的周仁兄。

周仁这个人，按《周仁回府》的故事前示，是受过杜家巨大恩惠的。从周仁嘴里交代过这样一段话：“小可周仁，想我从前身做兵马郎官之职，自从那年解粮进京，路经黄河，偶遭风浪，失却皇粮银饷，眼看就是死罪，杜公子文学，与我非亲非故，慷慨出银五千两，补赔了皇粮，这才搭救下我周仁一条性命。我无恩答报，投在他门下，他又和我结为异姓兄弟。这话休说，想哥哥遭祸，临行将嫂嫂托我照料，我怎能将嫂嫂献与严年……”这段道白既有事件前因后果，又有心理剖白，应该说把主人公一下推到了极其尴尬的两难境地。所谓“舍小我”“取大义”之举便由此逼出，经过一番激烈的思想斗争，周仁终于决定李代桃僵，以己妻换朋友妻之清白，从而演绎出了一曲咏唱百年不衰的“忠、义、侠”大戏。

一个人“侠肝义胆”到用自己心爱的妻子去换取别人生命的程度，确实应该叹为观止了。可作为今人，又实在不能苟同这种拿老婆不当人的粗暴支配行径。妻子毕竟不是自己的私有财产，周仁有什么权利要求她去为自己的“英雄行为”付出代价？好在这个戏在“戏眼”处有一重大转折，周妻李兰英在愤怒中狠狠掴了周仁一耳光后，面对朋友妻子的处境和丈夫的为难，又毅然做出了乔装改扮，踏进严府，行刺严年，为天下美妇割根除害的侠义抉择。戏剧由此升华到了另一种如荆轲刺秦王般壮怀激烈的境界。义举虽未成功，但由此绘成的“义女救赎图”却是感人至深的。倘若爱妻是被周仁一手逼进严府，那这曲戏的一切价值建构便当作另一番评判和解释了。

这曲戏在人物设置上是匠心独具的，尤其是一个小人物的设计，极大地提升了周仁、李兰英的品行和人格力量。这个小人物叫奉承东，他也是杜文学的“门客”和朋友。当杜家惨遭横祸时，为了保全自己，继续寻找攀升的阶梯，他甚至不惜出卖灵魂，亲自帮“色鬼”严年设局、“扯皮条”，把杜文学的美妻往火坑推，从而酿成了一群人的人生悲剧。在熟知《周仁回府》这曲戏的观众群和演艺圈中，奉承东已经成为“卖友求荣”的代名词，常听人说某某是“活活一个奉承东”，足见这个人物塑造的典型性和深刻性。《周仁回府》之所以盛演不衰，恐怕也与这种现实中屡见不鲜的“奉承东现象”不无关系。历史剧只要接通了现实的血脉，人们咋看都会觉得是比审视现实更过瘾、更具有哲学内蕴的。加之传统剧的脸谱化归整，把有些类、族、群的本质特性，无与伦比地外化提升了，反倒比一些所谓“非脸谱化”的东西更加鲜活、透彻。因此，脸谱化是不能一概否定的。戏曲的脸谱化是民族戏剧发展到最高阶段的一种深刻而又成熟的样式，嘲弄和讥笑，在我看来，是有些浅薄和无知的。

《周仁回府》除了故事跌宕起伏、环环相扣外，它在人物心理发掘上，也堪称秦腔传统剧的一个“里程碑”。其中最著名的《悔路》《回府》《哭墓》，无不是以内心折磨为“主脑”，极端强化抉择与屈辱的痛苦，从而使这些段落成为可以独立成篇的经典“折子戏”。一本大戏是开河的艺术，它开的是一条故事长河。既然是河，就应该有浅流、激浪和险滩。有些戏之所以平淡无奇，就是缺乏河流的真正资质。而《周仁回府》既开河，又聚潭，有些地方跳浪走舟，有些地方深水回旋，所谓回肠荡气，在《周仁回府》中确实是能得到一些实质性体验的。周仁先是被“严贼”给弄了一顶官帽，但这顶官帽是以献出义友妻子为代价的，他便在路上左右为难、痛悔不迭；回到府中，面对爱妻，又感到了舍妻救友的不能实施；当妻子义无反顾地慷慨赴死时，他的内心痛楚更是如针砭骨，难于言表；等一切都拨云见日了，戏剧的误会手法，又使官复原职的杜文学，当众屈打了“卖友求荣”的他，他只好独自一人去妻子的墓地，哭了个昏天黑地。整个戏剧高潮迭起，情感世界波澜壮阔，尽管有冗长拖沓之嫌，也有小不合情理处，但它的经典性是不容置喙的。

正是这样一曲经典，造就了秦腔史上七代“活周仁”的生命绝唱。这七代是观众完全公认的七个人，他们是：李云亭、刘毓中、雒秉华、赵集兴、黄金华、任哲中、李爱琴。除女扮男装的“周仁”李爱琴尚在苍茫大地上频繁走动外，其余“活周仁”均已作古。我有幸看过任哲中、李爱琴两任“活周仁”的精彩表演，那是两种完全不同性情、不同风格、不同样式的“周仁”注解。在我看来，任先生更注重“义”的投射，而李先生则更强调“侠”的释放；任先生的周仁显得宽厚、内敛，而李先生的周仁则显得豪放、爽快。从这个意义上讲，戏剧真是演员的艺术，同一个版本，由不同的演员解释出来，竟然是完全不同的效果，甚至连人物性格都发生了根本变化，这便是演员的个性魅力和伟大创造。作为舞台剧的职业编剧，我每每神奇着这种脚本与演员呈现之间的差异，好的演员，真是编导的巨大福气。

关中农村人看戏，更重要的是听，因此也叫听戏。他们时常处于闭目养神状态，只有当台上演员唱错了时，才会抬一下眼，把那主儿“剐”一下，要是错的茬大了，真正的戏迷便会用屁股带起板凳走人了。他们一般不大喜欢新创作剧目，点戏多是“老一套”，比如《周仁回府》，只要有新演员，都要点来品一番，他们从来不靠媒体的忽悠，那玩意儿靠不住，乡里也没那个奢侈，他们心目中的“名演”，完全是靠自己的双眼“硬盯硬”识出来的“货”。其实这恰恰是民族戏曲久传不衰的原因。城市人时尚多变且喜新厌旧，多是些啥都只玩弄几天就腻了的主儿，喊叫没有时间，更是没有耐心去对相同的东西进行深切品味——尽管最会说“品味”二字。因此，城里人的艺术鉴赏是有很大盲目性的，别人咋忽悠他咋上道，媒体咋发热他咋感冒，到头来高烧得什么味也没品出来。正是这种盲从和心浮气躁，引发了城里人对创新的吸毒般的饥渴。结果创来创去，绝大多数所谓“里程碑式的”“精品”“巨制”，都在更新更大的喧嚣中销声匿迹了，而“周仁”们却还在成千上万个民间舞台上鲜活着。这不能不说是一种急于求成的创新难堪和悖论。

由于工作原因，我先后看过近十个人的《周仁回府》，其中一个叫胡屯胜的“周仁”，尽管没有进入“活周仁”的“七代”序列，但仍然给我留下了深刻印象。这个演员在三十几岁便被病魔夺去了生命，也有“过于劳累”之说的。他是“活周仁”

任哲中的高足，如果能活到今天，也许能被观众列入其中，可早早就挂靴而去，也便成为秦腔舞台上的永远憾事了。另一个特别出众的“周仁”就是李小锋，几年前，我曾在连续看过他三遍《周仁回府》后，写过一首歪诗，好像是这样的：“泪水几多捧，源自周仁情。侠义近迂腐，忠厚谁堪同。经年常演诵，名伶代代红。城楼又易帜，接旗李小锋。”有人已将第八代“活周仁”的桂冠相赠予他，但在今天看来，我以为还是“听封”太早，如果他能用毕生的精力去体味、刻画、完善这个人物，民间迟早是会用集体口碑的形式将他载入秦腔史册的。这个人物是值得一个演员用全部生命去锻造、传承的。艺术创作跟战斗一样，伤其十指不如断其一指。与其塑造十个一般人物，倒不如演绝一个“活周仁”。

周仁的感恩情怀和侠义行为，应该是人类不朽的精神追求，从这个意义上讲，周仁也应该是不朽的。因而，这个戏是值得更多演员去用生命进行反复阐释的。前“七代”周仁的筛选过滤，据说已有许多遗珠之憾，说明把周仁演活了的还大有人在，正是这种金字塔式的累积，才造就了《周仁回府》的高度，但愿“周仁团队”在未来的行进中，能有更“大”更“活”的人物出现。就像球迷们期待一届届足球的结局一样，三千万高唱秦腔的儿女，正在等待着新一轮秦腔“活周仁”的“黑马”亮相。

最火的男旦

一说起男旦，人们第一个想起来的大概是梅兰芳，下来依次是程砚秋、尚小云、荀慧生，再就是梅兰芳之子梅葆玖，还有“四小男旦”之一张君秋等，其他的就火得不怎么妇孺皆知了。其实在戏曲男旦的历史上，“秦腔巨星”魏长生当是最火的一个，如果那时有今天这样的媒体攻势，魏长生当在各种影像栏目和娱乐版面上被说得唾沫星子乱溅，仍有“粉丝”“铁丝”“钢丝”们冷缠热粘，追捧不息。可惜清朝少了这些热闹景观，我们便只能从文人笔记和戏班传说的雪泥鸿爪中，窥探魏长生的生命轨迹和大红大紫了。

魏长生是乾隆“上任”第九年，即公元 1744 年出生在天府之国四川金堂县的，因排行老三，故人称魏三。家里的清贫，是他与唱戏结缘的根源。据说他拾过破烂，做过流民，还混迹于一个叫“啯噜子”的川府下层江湖组织中，习练拳棒，四处闯荡。后流落陕西，成一卷烟铺学徒，因遭邻里殴打，失手伤人，不得不“抱头鼠窜”。后在关中东府一带，栖息于一个同州梆子戏班中，由此收敛野性，潜心学艺，从而开启了一个秦腔大家的生命雕塑。

唱戏这行当，唯有“苦大仇深”的孩子，方能下得死功夫，出得“稀世”活儿，稍有后路者，在三心二意的犹豫徘徊中，便把时间耽误完了，纵是有灵性，也只能弄个“半迷儿”。富贵者，玩票儿什么的还可以，要想成大家，多是一种梦幻和说辞而已。因为这行当太苦，蜕不了几层皮，是不能蛹虫变蝴蝶的。当然，在现今这个光怪陆离的时代，一天吹出一堆五颜六色的“著名”气泡，连“大师”这样的帽子，也敢跳起脚来抓一顶，使劲捂在自己的尖脑袋上而不脸红者，又另当别论了。魏长生在走投无路中，捞到一根唱戏的稻草，那种珍惜与发奋，自然是常人所难以想象的了。在艺不惊人死不休的刻苦磨炼中，一个穷困潦倒的“流寇”，终于发掘出了再也精彩不过的人生“宝石”。

中国知识分子历来有“学成文武艺，货与帝王家”的情结，屈原、李白不能免俗，连民间艺人也概莫能外，魏长生们在地方上火到一定程度，自然就要思谋着“晋京演出”了。这个“晋京”而非“进京”，不是时至今日还在大用特用吗？那时似乎没有“调演”这一说，各路艺人便自费不“调”去“演”了。好像没有京城的肯定，这戏唱得再火也是白搭一样。当然，也正是这种“南腔北调，备四方之乐”的大“会演”，才引发了戏曲史上的“花雅之争”，最终使魏长生成为“打败”雅部（昆曲）的“花坛盟主”（以秦腔为代表的各类地方戏曲结盟）。那时，魏长生就是以“厚实的功底，灵动的嗓音，俊美的扮相”而使京城“到处逢人说魏三”的。其实花部“打败”雅部的更深层原因，当是“平民化”与“贵族化”的较量使然，只是因了杰出秦腔男旦艺人魏长生的出现，才使得过分贵族化的雅部艺术，提前“休克”了而已。

戏曲男旦在唐宋时期就已出现，明清不断发展，到了乾隆年间，以魏长生为代表的男旦群，就已成为“见怪不怪”的舞台景观。尤其是京剧初创阶段，不允许女性登台表演，剧中大量女角都得由男性装扮，因此，男旦便成批涌现在京都梨园了。魏长生所率戏班，因行当齐全，演出剧目生活气息浓郁，且“善于传情”，而呈“一杆独高”之势。连皇亲贵族也有“一时不得识交魏三者，无以为人”的感叹。也许是明星的过分“遮云蔽月”，而使妒忌谗言纷呈，最后，京都是以其正统之姿，将“淫声秽语”的魏三，以“扫黄打非”的名义逐出城池的。

魏长生当时在帝京演红的所谓“黄色戏”叫《滚楼》，故事取材于唐传奇，本戏已失传，只有在20世纪80年代，陕西省文化局抢救整理的近千部《秦腔》剧目史稿中，于三十三集内，存下短小的一折，舞台上早已无人问津。这折戏的大意是：骊山老母（一个传说中的老女神）的小弟子张金定（这名字很男性化），欲求天朝大将王子英为夫，听说王子英这天要从庄门外经过，便央求老爸张壳浪在门口等候。英俊潇洒的王大将军果然来了，但他看上的却是张金定漂亮的师姐高金定。好在将军提亲未从，被高从家里赶了出来，这时，张壳浪与女儿定下计策，将王子英和追打他的高金定让进家中，用酒灌醉，欲逼王子英就范。谁知王子英聪明过人，反使高金定落入“遗失绣花鞋”的圈套，挣脱不得。而张金定也在与“醉将军”的“滚楼”中，因“男女授受不亲”，故意让其父拿到“证据”，终使王子英欲罢不能，最后师姐妹双双与王子英结为夫妻。这个故事在今天演来，是有“违背婚姻法”的麻烦，但在当时，倒不是一夫多妻的问题，而是在“滚楼”中，魏长生饰演的张金定，可能“骚情”得太过火，而使看官们在大饱眼福后，顿生“有伤风化”感，才终于将这个“骚旦”和他的“黄班子”一道踢出京城的。

魏长生并不甘心这种失败。乾隆四十五年（1780），他再次打入京城，开始了真正站稳脚跟的“帝京八年”演艺生涯。这次进京，他以更加成熟的艺术资质，不仅救活了散落京城的秦腔戏班，使“观者日至千余”，而且让“六大班伶人失业，争附入秦班觅食”。正是这八年，秦腔日渐压倒过于典雅的昆曲、京腔（早期京剧），创造了“到处笙箫，尽唱魏三之句”的秦腔鼎盛时代。据说，一次魏长生在四川会馆戏楼演出，乾隆爷甚至还带着他的宠妃，乔装改扮，偷偷前来看过一次戏。此前这位妃子生下一个“独苗”公主，却不幸早夭，正悲痛不已时，见魏长生所扮人物酷似小公主模样，便硬要收他做“替代品”。魏长生自是推辞不得，戏毕，便扮作公主模样进宫“谢恩”了。由此，魏三就多了一顶“魏皇姑”的“红帽子”，以至死后，连家乡的坟墓也被叫作“皇姑坟”了。魏长生喜不喜欢这个“尊称”不得而知，反正民间自是以此为荣，而让名伶魏三的故事更加传奇百般了。

不过从后来的发展看，这顶“魏皇姑”的“高帽子”，也未必给他带来多少实际利益，八年后的再次“挤兑出局”，与皇家的“高压”态势，是有着深刻联系的。魏长生尽管有大红大紫的京都“班头魁首”之誉，但伴随他一生更多的仍是争议、非难和驱逐。就在他红透京都的时候，正统之声再次发难，他不得不二度离开京城，开始了又是长达八年的南方演艺之路，最终落脚在了商贾云集的扬州。 与京城相比，扬州属于一个相对开放的地方，不仅是盐运、漕运枢纽，也是一个学术空气较京城呼吸自由得多的文化集散地，仅戏曲班社就有数十家之多，加之时任盐运史又是“戏曲爱好者”，不仅看戏票戏，而且还组织机构编戏印唱本，因次，魏长生很快就在这里找到了新的驰骋天地。

唱戏人特别讲究“戏缘”，也就是亲和力，有些人挣得咽肠断气，也挣不来观众的叫好和掌声，说穿了，其实是艺术的个性魅力不足。 魏长生无论走到哪里，都能刮起一股旋风，这不仅有剧种特色、剧目内容的作用，更是个性魅力的强辐射。 这种个性魅力很大程度来自他的创造力。 魏长生不仅在唱腔、做功方面高人一筹，对舞台绝技的超常运用，也让人难以仿效企及，据说他的“踩跷”功，甚至使许多模仿者为之骨折、肌肉拉伤、椎间盘突出，可仍达不到魏三的“瑰丽俏姿”，以至于他死后，这项技艺就在舞台上逐渐消失了。 今天的戏曲，之所以魅力不足，很大程度也取决于演员绝技的严重缺失。 无技不成艺，当演员们都想以最小的投入获得最大的回报，有时不得不靠傍几个“娱记”或“牛皮匠”来进行“一锄头挖个金娃娃”的速成工程时，那种摄人心魄的魅力，自然就在虚假与矫饰中丧失殆尽了。魏长生不仅注重舞台呈现的技术含量，而且在造型艺术上也颇多研究。 他发明的旦角“贴片（用多组梳理特别的发片改变脸型）”术，不仅一改男性扮女性在脸面化装时的不足，而且对女性扮女角的美化作用也是明显的，它可以使窄脸变宽，宽脸变窄，也可以使短脸变长，长脸变短，时至今日，这种贴法仍是古装戏最主要的化装手段。

由于多重因素的胶合，特别是个人魅力“青山遮不住”的显露，而使魏长生每走一处，都会“睹者蜂拥”“观者如潮”。本来同行是冤家，但当你确实技艺高过他许多时，他又会低下头来，朝门子，拜码头。人不服人的，多是不相上下那些主儿，真要拉大了距离，弄得不能望其项背了，钦佩、景仰、崇拜，这些使自己钙质软化的精神因子，便又会悄然袭来，自觉不自觉地就做了人家的精神俘虏。魏长生以“花部泰斗”的声名坐拥江南，甚至连雅部班社，也有返回头来尊他为“教父”的，这一来说明了雅部的雅量，二来也确实证实了他无与伦比的实力和魅力。他的艺术创造工程，不仅推动了民族戏曲的多样化和个性化发展，而且由于“徽伶竞相效仿”的铺垫，而对后来在“徽班晋京”基础上所产生的京剧艺术，也起到了发轫的作用，连梅兰芳和齐如山这样的戏曲界巨擘，对魏三之于京剧的功劳，也是要再三再四加以肯定的。

尽管魏长生在江南尝尽了做超级大腕的甜美，但命运并没有使他一帆风顺，就在他正欲三次晋京献艺时，地方与朝廷双管齐下，再次开始了对包括秦腔在内的花部艺术的围剿践踏，班社遣散，“顶风作案”者戴枷，“戏妖”魏长生自是不能幸免，也有一说，是“遭人暗算”，反正被官方“押回原籍”了。对于四川来讲，“戏妖”被遣返故里，当是再也幸运不过的幸事，很快，川剧便在他与文学家也是戏剧家、超级票友李调元和一帮川剧艺人手中，翻开了“整合五腔”“注重文本”“雅俗合体”“渐入佳境”的一页。

虽然天府之国的善待、呵护与捧场，使一代乾旦大师倍感温润、和谐与安定，但心中的远大理想与抱负日夜驱使着他，必须到具有最大辐射力的京都，再展花部艺术之英姿。一次次被赶出帝京，也一次次焕发了他的热情与斗志，在即将进入花甲之年时，也许英雄已感到来日不多，便再次率领他的秦班（不是川戏），踏上了帝京的“不归之路”。

魏三的第三次进京，自然引起了又一阵“魏旋风”，那种艺术上的娴熟、老到和人格上的不卑不亢，已被清人笔记所广泛记载。但“烈士暮年”的“壮心”再阔，毕竟已是虚岁六十的人了，这对于特别注重演做工戏的他来讲，体力的不支，当是不争的事实。可始终有一种力量在顽强地支撑着他的舞台践行，就在一次演出秦腔《背娃进府》（本戏已失传）时，他以惊人的毅力唱完了最后一个音符。当艺人们再用椅子将“端坐着”的他抬上前台谢幕时，狂热的观众怎么也没想到，一代大师的心脏，已在刚才下场后骤然停止了泵动。

这种“壮行”，对于一位舞台表演艺术家来讲，真是再也精彩不过的戏剧结构学上的“豹尾”了。那种壮观，在今天回想起来，也是要让人眼含热泪的。有人说魏长生是悲剧的一生，有人说他是喜剧的一生，还有人说他是正剧的一生，这些总结似乎都有道理，又似乎都不能全面概括他充满了传奇色彩的一生。应该说他的一生，本身就包含了民族戏曲的全部生长形态和因素，他的生命既是欢天喜地的，又是严肃悲壮的。他的实践，之于民族戏曲，具有恒定的认识价值和象征意义。

在中国戏曲史上，伶人多是一副寒酸苦难相，靠唱戏富贵起来的人少之又少。而魏长生却凭着他的一身绝技与为人，不仅一次又一次获得了富裕且尊贵的地位，而且还资助过许多乡邻、艺人、儒生。尤其是高达“一戏千金”的“出场费”和“纵有金钱不轻至”的艺术尊严，不仅使自己“举止自若”“儒雅备至”“仪态万方”，而且让一群又一群戏人尝到了唱戏的甜头，品味到了做人的尊严，这是中国戏曲史上的一个奇迹。魏长生在生命的最后时刻，金钱已为同行和乡邻、朋友挥霍干净，以至于赤条条归去时，“贫无以殓”，是靠平日受其恩惠者资助，才勉强移柩四川，“薄棺入土”的。

我们这个民族，在国难当头或国民精神萎蔫时，总有文化人要以戏曲舞台上的男旦作为一种指斥对象，从而把艺术与生活的界线给搞混了。我们所敬重的鲁迅先生，在《论照相之类》中说：“我们中国的最伟大最永久的艺术是男人扮女人。”这句话咋分析，似乎都不像是对这门艺术的“正面”界定。郑振铎直接将男旦斥为“人妖”，钱玄同干脆把这种声音喻为“猫叫”。连陈寅恪这位严肃的历史学家，也忍不住要为男旦赋诗一首：“改男造女态全新，鞠部精华旧绝伦。太息风流衰歇后，传薪翻是读书人。”内容虽然是叹息“读书人”被“改”“造”后的“精神无能症”的，但对男旦艺术本身的刺痛，仍是留有太多遗憾的。

随着女性演员对舞台艺术的自由介入，男人扮旦的时代已经渐行渐远，甚至有绝迹的趋势，倒是女人扮生角（越剧）的艺术愈发火了起来。在艺术创造上，异性相互用另一种视角去审视窥测对方内心隐秘，有时会达到同性所不能企及的效果，从这个意义上讲，“乾旦”和“坤生”都有存在的必要和价值。写过《往事并不如烟》的中国艺术研究院研究员章诒和说：“由于形体和生理条件等方面的优势，男旦演员在舞台上所表现的腰功、腿功以及声音的力度、厚度及广度都是女演员很难达到的。”同样，女性扮男性，也有男性所不能抵达的形体柔度和精神深度。再者，仅从一种独特的艺术表现形式来讲，濒临绝种的男旦艺术，也是应该抢救保护的。

呵，可怜的男旦。

“农民领袖”任哲中

“农民领袖”的称号，是大西北秦腔观众奉送给他们的小生演员任哲中的。受众能将一位演员捧为“精神领袖”，并甘愿为他前呼后拥，四处奔走，这在秦腔演艺史上是不多见的。尽管有许多演员也是颇为走红的，但从未享受到“领袖”的“封赠”，况前边还冠以“农民”二字，那种浩大的声势与火爆的气场就可想而知了。

中国从几千年的封建社会脱壳而出，做任何事，总保持着一种习性，那就是喜欢“封神”，他们总是要把自己最崇敬的人物，与某种盛大、极致的东西联系到一起，就像关公并未当过皇帝，却要给他封一个“关帝庙”一样。任哲中并未担任过哪怕是生产队队长以上的社会角色，人们却要给他封个“农民领袖”，这是一种心理思维定式、一种爱戴的惯性指称和崇尚的历史表达。

尤其是这位秦腔大家，殁于戏曲已日薄西山的1995年，竟然有数万名送行者自发聚集到他的灵堂设置地（西安市文艺路附近）和灵车经过的路线，导致几条大街交通中断，虽经警方勠力维护，人潮仍久久疏散不去。更有甚者，甚至连牛都赶了进来，这是从乡间拥向城内的农民悼念队伍的妙创，他们不仅一边高唱秦腔，一边还人牛共舞着《牛拉鼓》之类的传统节目，吹吹打打，一路哀歌而去，我觉得这是对一位“农民领袖”的最好痛悼方式。牛这种伟大的动物，对于农民甚或一个民族来讲，是有图腾作用的神性物体，它的到来，无疑加重了祭祀成分与仪式感，显得特别凝重而有分量。别说是一位渐次边缘化的舞台艺术家，这在当代诸多门类的文艺家临终“送行史”上，恐怕也是绝无仅有的。

任哲中诞生于1925年，出生地是陕西永寿县，这里也是一个“秦腔窝子”。咱们的“农民领袖”自降生之日起，就深受秦腔这门古老艺术的熏陶，十二岁时，看完戏，深感才华有些“憋不住”地跑到后台，放胆“显华”（关中俗语，有故意显露的意思）了几句《五典坡》中的王宝钏唱段，竟然音惊四座，唱王宝钏的秦腔名家晁天民，见娃不仅有灵性，唱得美，而且也长得周正水灵，便立马相中，收为徒弟。由此开始了“农民领袖”的漫漫征程。

其实任哲中出身书香门第，家里赐名为任甲荣，“甲荣”二字，咋看，都是希望通过努力飞黄腾达的意思。尽管那时已废除科举制度，“甲荣”起来不容易，但咱们“领袖”的父亲，还是几次把他从戏班“抓”回来，强按头颅，要他接受“经史子集”的“正规”教育。一个人，那种成大事的人，总是有些说不清道不明的怪异，他们的那“一根筋”，永远呈现出一种一绷到底的韧性，除非砍断，否则，是不会失去弹性与拉力的。任哲中便是这样一个“执意要唱戏”的生命“异类”。唱戏对于他来说，不是迫于生计，而是一种“为爱献身”的从容蹈赴，但我想，那又何尝不是一种贾宝玉式的对“读死书、死读书”生活的厌倦、决绝与叛逆呢?

咱们的“领袖”初入剧坛，主攻的是花旦行，后来根据嗓音特点，接受一位叫施学易的名小生的建议，改唱了生角，没想到这一改，便改出一个“秦腔小生泰斗”级的人物来。任甲荣初进戏班时更名为任兴华，后来，在唱剧作家范紫东的《盗虎符》与《软玉屏》时，被范先生更名为任哲钟了。那个“钟”是“钟字辈”演员的意思，过去科班出身的戏曲学员，每人的名字中，都是要有一个相同的字，以便把大家的名号统一起来。那是领班管理的需要，是一种自立、自信、自尊的身份确认，更是一种团队思想的体现。任先生后来将“哲钟”改为“哲中”，有人说他自己解释，是为了书写方便，但我从他的为人处世上看，更愿意认定为这是他的一种人生态度。

任哲中一生尽管演了成百部戏，但最脍炙人口的还是《周仁回府》，这是他十六岁就担纲主演的作品。二十岁时，他所在的晓钟剧社搬进西安，又得到了秦腔表演艺术大师刘毓中的真传。此时的刘毓中，年近五十，艺术已臻炉火纯青，由他亲自把自己演了半生的《周仁回府》给任哲中“细抠”（排戏的最精致磨合）一遍，任哲中便如虎添翼般地飞腾起来。由此，剧团无论走到哪里，都要演《周仁回府》，只要有任哲中的《周仁回府》，也便“台口（演出市场）无忧，吃喝不愁”。任哲中个人更是渐渐进入“农民领袖”的早期“发育”状态，不仅追捧者无数，而且无论演出不演出，只要有人认出，就吃住行都有人抢着“包圆儿”了。

1954年，任哲中调入西北戏曲研究院（后更名为陕西省戏曲研究院）。在这个人才荟萃的“秦腔最高学府”中，他把自己亲历的生旦演唱技法先杂糅起来，又大量汲取其他行当和剧种的演唱特点，全面“梳理整形”，并融会贯通，终于成就了众口一词的“任派”艺术。而这个流派的呈现载体，还是以他生死依恋的《周仁回府》为依托的。

一个诗人，可能因一句诗而奠定自己不朽的地位；一个小说家，可能因一部短篇而成为不朽的作家。唱戏也是一样，不在于你演过多少本戏，塑造过多少角色，而在于你是否演活了某个戏，唱传神了某个人物。技不在多，在险在绝；艺不在多，在奇在精。军事上常用的“伤其十指不如断其一指”的“狠招”，便是深切“用兵三昧”的“得道”。任哲中倾其毕生精力，揣摩仁者周仁的形象，并使其达到别人不可企及的高度，这就是任哲中之所以成为“领袖”的原因。

《周仁回府》讲述的是一个戏剧性非常强的故事，奸相严嵩之子严年，欲霸周仁的好朋友杜文学的妻子为妾（有权有势的人自古以来就好这一口），杜文学的文学门客（其实就是站在主子旁边，主子写字时，一笔尚未落下，一个尾音很长的“好”字先破口而出的那种“干忽悠”角色）奉承东，见主子失势，就立马投奔严年，并定计将主子的美妻，借周仁之手，辗转相赠。谁知周仁是个“榆木脑袋”，面对官爵银两，竟然更看重朋友恩义，经过艰苦的思想斗争，最后在百般无奈中，痛不欲生地把自己的爱妻送了进去（这一笔在今天看来也大有荒唐处）。妻子是个烈性人物，进府后，在严年急着往倒扑时（严先生此时全无名门贵族修养，心里只急着那口热豆腐），即拔刀行刺，终因力不敌男，自刎身亡。周仁怕再起祸事，连夜携恩嫂逃往他乡。后杜文学冤明荣归，误以为周仁无耻献嫂，便派手下人将周捕获，先不由分说地将他暴打一顿（这所谓“正面人物”修养也不咋的），后甄明原委，才一同去周妻坟前哭扫祭奠。

这曲戏在百年演唱中，不知托红过几多名伶，到了任哲中手上，算是再次竖起一座无与伦比的险峰来，以致使往后突破成为一种“登天难事”。

任哲中的周仁，一是注重人物刻画，分寸把握得当，不为卖弄技巧而技巧（技巧说到底只是一种让美人更加美丽动人的装饰品）；二是神形兼备，洒脱自如，给观众一种和谐畅美的流动感；三是嗓音独特，苍中有柔，刚劲而不失绵长，沧桑而不失润泽。尤其是他那一口沙哑之音，配合上紧闭口腔的鼻音哼鸣，特别适合表现人物的悲苦无奈情绪，时而似千山起伏，时而如流水呜咽，时而同大河跳浪，时而酷肖野马脱缰，每每呈现出一种云谲波诡的神秘感。那种隐忍与勃发的辩证把握，粗犷与细密的神奇收放，让人只能意会，无法言传，这是任哲中对艺术哲学的深切参悟，是永远都无从效法的艺术个案。然而，越是大美的东西，越是追逐者甚众，正是因为这种行腔的妙不可言，而使效仿者趋之若鹜，最终得皮毛者多，而深入腠理者鲜见矣。其实，任哲中的沙沙之音，源自本身嗓音条件的不能圆润，而他能使劣势转化为优势，便是一个生命个体的雄奇之处，他博采众长，绝处逢生，立起来便是别一番生命境界了。效仿者故意把珠圆玉润的嗓音变为沙沙破响，不思精髓提取，不得传神要领，岂不是东施效颦徒增丑陋矣？

任哲中早在 20 世纪 40 年代就因“活周仁”名噪三秦，60 年代，只要他一出场，便会出现一票难求的局面。有一次戏剧家欧阳予倩来看他的《周仁回府》，观众早早就把剧场围了个水泄不通，连他都无法走进去，最后，是大家选了个僻静处，把他抬起来，从院墙上“扔”了进去，才保证了演出的正常进行。演出结束后，欧阳予倩无限感慨地说：“难怪这么红火，你真是把周仁演活了。”

像任哲中这样的“牛鬼蛇神”，在“文化大革命”中，自然是无法逃脱“蹲棚”的厄运了。如果说具有实质性“领袖”权力，那么此时倒是拥有过一段，那就是担任“牛鬼蛇神”队长。作为这个队伍里的“领导干部”，自是要比别人多吃很多苦，多受很多罪，多挨很多剋，多抹很多黑了。光肋骨都先后被打断几根，还别说其他的皮肉之苦了。用他自己的话说：“那几年背（运）得很。”不仅身心备受“没完没了的批斗”摧残，而且病魔也频频光顾，1966 年在永寿县农场接受“劳动改造”时，急性阑尾炎发作，甚至差点提前结束了性命。那是一个伸手不见五指的夜晚，咱们的“领袖”突然感到腹痛难忍，肠搅如“搓绳”，是犯了农村人说的那种“绞肠痧”病，在那个年月，这种病是很容易要人命的。面对死亡的攫取，求生的欲望驱使他从农场一点点爬出来，勉强匍匐到公路边，恰遇一位好心的卡车司机路过，听他呻吟说自己是任哲中，戏迷司机二话没说，就把他拉回了西安。进到医院，一位“工农兵学员”把他肚子拉开一看，发现阑尾已经化脓，并大面积感染了，吓得再未敢把手术进行下去。好在这位“时代新宠”心底尚存人性温度，很快将“靠边站”的“反动学术权威”弄出来，光“残局”就收拾了四个多小时，连咱“领袖”的“肠肠肚肚都翻出来”清洗了一遍，最终才算保住了秦腔的这条命脉。

命保住了，还得回农场“改造”。这以后，作为“牛鬼蛇神”小头目的“牛队长”，又“名至实归”，干脆被安排去做了几年放牛倌。开始他完全绝望了，面对单调寂寞的活计，他很多次想到死，因为不让唱戏了，他也就再也找不到活着的理由和意义了。可后来在独自“领导”着牛群钻山穿沟时，面对空旷的山野，放开嗓门唱一曲，连吃草的牛们都懒得多看他一眼，什么都能唱，什么都敢唱，唱什么都惹不了乱子，他也就又为自己“新职业”的“能够结合本人专长”而窃喜了。“戏瘾”一犯，索性把牛吆到人迹罕至的地方，放开嗓子唱将起来：“见嫂嫂直哭得悲哀伤痛，冷凄凄荒郊外哭妻几声。怒冲冲骂严年贼太暴横，偏偏的奉承东卖主求荣。咕哝哝在严府曾把计定，眼巴巴我入了贼的牢笼……”唱着唱着，面对山川草泽的不解情感和牛鸟虫鱼的不通音律，又悲声大放起来。一个习惯于在千万人“哄场子”的氛围中生活的演员，突然变得不仅无人喝彩，而且一切还都得偷偷摸摸、躲躲闪闪，那是怎样的人生大孤独哇？咱们的“领袖”就是在这种孤独中，不自觉地完成着“任派唱腔”的苍凉历练，加深着对人物痛楚的全新理解。最终从大山沟里走出来时，他的周仁也就具有了谁都无法望其项背的生命活性和独特性。

就在“文化大革命”即将结束时，“唱戏有瘾”的任哲中因唱戏被卷进“代代红”食堂事件，又一次经历了苦不堪言的心灵折磨和侮辱。

那是一次极偶然的事件，任哲中与几个挨整的演员，到一个叫“代代红”的食堂“打牙祭”，炒菜的大师傅见来了任哲中和这么多秦腔名家，自是不愿放过“香香地尝一口”的机会，他们关上门窗，胸脯拍得嗵嗵嗵地保证说：“放心胆大地唱，绝对万无一失。”任哲中们哪里禁得住这种“蛊惑”，加之自己“思想意志本来就不坚定”，便唱了一段《周仁回府》。谁知这段戏唱得“把天捅了个窟窿”，很快就被有关部门定性为“重大政治案件”，不仅上纲上线为“文艺黑线回潮，牛鬼蛇神死灰复燃”，而且还予以登报批判，“简直把人搞得臭不可闻”。此事直到1980年才完全推翻处理决定，并“对任哲中同志的批判，予以平反，恢复名誉”。接到平反文件那天，据说他曾跟朋友讲过这样一句笑话：“今天人家给咱把澡洗了，如果再臭，就是咱自己的事了。”

一场文化浩劫，把咱们的“领袖”翻来覆去地折腾了个遍，唯一没有折腾坏的就是那口苍凉的嗓音，只要有了这个，冬去春来后，一切便又都枯枝发芽，老树新花了。

“老戏”和“牛鬼蛇神”被解放后，任哲中之如鱼得水，自是一件不难想象的事。所谓“农民领袖”说，就是每每下乡演出时，只要任哲中来了，方圆几十里便如同过大年一样，人们不仅全体出动，奔走相告，而且从他一进村，就开始前呼后拥起来，直到唱得几番剧终曲止，再三再四挥手致意而去，还是久久不愿散场。在刚刚经历了“文化大革命”的“热土”上，人们对真正的伟大领袖的辉煌出场，尚记忆犹新，咱们的“任领袖”每到一处，除了没人喊万岁，其余礼遇，几乎热闹得没有二致，无论男女老少，一概以能与他亲近为荣，即使是摸摸手，拉拉话，再远些的，哪怕是呼喊一声，与他的眼神对视一下，都感到“巨大的鼓舞”“莫大的荣幸”，要是再能请到家里吃一顿饭，那就更是好多年的炫耀话题了。这是人们对能给自己精神生活以巨大亮色的演员的顶礼膜拜，更是对自己所钟情的本土文化的天赋尊重。唯其这种尊重，使任哲中更加感到诚惶诚恐，寝食不安。这也是任哲中之所以能成为“农民领袖”的秘诀所在。许多名演员在观众的热捧中，日渐虚浮膨胀，根本不懂得对热捧者的感恩与敬重，自以为人家捧是因了自己的超凡脱俗无与伦比，全然不明白那种文化自身含量对自己的巨大折光作用，最终被观众弃之若敝屣。一个人一旦狂妄得面对崇拜、追捧，不敬不畏，甚至受之无愧时，离“暗箭”“黑砖”“塌火”“崩盘”也就不远了。

任哲中是为数不多的搞明白了这个道理的演员之一。面对巨大的向心力和热捧，他不仅更加谦虚低调，而且竭尽全力，一天几场戏地超常演出，在他看来，这是一种“偿还债务的机会”与荣誉。80年代初，动辄几十场演出连轴转，一个普通演员要想撑持下来，都是十分困难的事，但主演任哲中，几乎场场不拉，最后“嗓门积劳成疾”，炎症与水肿拥塞喉管，不得不以手术的方式来改变生命机能。可术后休息不到一月，观众的强烈呼唤，再次把他推到演出一线，直到旧病复发，不得不又一次进行手术。他是用“战士应该死在战场，演员自然应该死在舞台上”的精神鼓舞自己唱戏的，因此，他的戏便唱出了别样的职业操守和境界，观众捧他、抬他、爱戴他，把他奉为梨园圭臬，也就不由得自己了。

像任哲中这样，完全以观众需求作为生命轴心的演艺人员，在今天可以说是“多乎多哉，亦不多矣”。今天的生命轴心更多的是钱财二字。当完全以金钱、名利与演戏这样的精神生活对接时，“领袖”就不存在了，因为领袖是精神层面的拥戴与仰望，当一切离开了信仰的轨道，只在金钱驱使下疲于奔命时，演艺就堕落为逗猫、遛犬、玩猴、要把戏了。其实在今天的生活中，不仅是演艺界“精神领袖”乏陈，所有文学艺术甚至包括为人师表的教授、专家，这大师那泰斗中，又有几多是挣脱了金钱奴役的真真正正的精神领航者呢？从这个意义上讲，一个完全由观众封赠的“农民领袖”的秦腔演员的生命高度，就是我们不得不高山仰止的绝壁峭崖了。

任哲中有一句极其朴素但又堪称伟大的话语叫：“让人都活着。”

这是一种做人的境界，也是一种操作性极强的行为准则。演艺界自古就是名利场，有人说：“艺人之间的相互吃醋，有时比情敌之间胜过百倍。”这是一句深中肯綮的行业话语，如何堵死别人的通道，让自己一枝独秀、一花独放、一鸟独鸣、一虎独居，甚至成为一些人苦苦琢磨的“存在难题”。任哲中不以他人为“地狱”而是以“让人都活着”来限制私欲膨胀，不因己之“家大业大”而“店大欺客”“客大欺店”，这是一种十分难得的名流胸襟，也是他在演艺场地大天宽的根本缘由。我想任哲中之所以改“哲钟”为“哲中”，恐怕与“折中”“中庸”的活人追求不无关系。在我的印象中，他总是骑一辆破自行车来来去去，自行车前边的一个破铁丝筐里，冬天放一双线手套，夏天放一把纸扇子，有时也放着自己的一卷欲送人的书法作品，见熟人就下车（车闸不灵，老是跑出好远才用双脚疾步踩定），逢注目就点头（生怕怠慢了戏迷），皮鞋不亮，西服不挺，无名家大派，却有“寒门贫生”之谦卑相。他之走动于“秦腔最高学府”，很是有些季羡林在北大老被新来的学生当校工让其看守行李的异曲同工。

在圈内他谦恭随和，在圈外也谨守德行。据说有一年到宝鸡给人排戏，雨大路滑，一起骑自行车的乡民突然扭向路中，任哲中躲闪不及，一下翻到了泥田中。其实此时他的锁骨已经摔断，但他勉强爬起来，还是与人一道把乡民送进医院，直到检查清楚，对方并无大碍时，才让人家离开。有人说他心善，他说：“都不容易，都得好好活着不是？”

这就是任哲中，一个文化水平并不算高的秦腔艺人，一个质地却很光亮的舞台表演艺术家，一个堪称精神意义上的“农民领袖”的大地之子。在他离开这个世界多年后，有关他的话题仍然新鲜，趣闻逸事层出不穷。其中有一个趣闻的两个不同版本，可谓精彩绝伦，现抄录于后，以作“农民领袖”任哲中民间影响力的管窥。

趣闻A面：任哲中有一年在乡下，想搭乘别人的马车进城办事，吆车老汉不愿意，他见老汉在用“戏匣子”（收音机）听戏，并且戏里放的正是他演唱的《周仁回府》，就说这戏他也会唱，老汉乜斜了他一眼，就让他上来了。任他如何卖劲地给老汉表现跟“匣子”里相同的唱段，可当他问及与任哲中比如何时，老汉只是轻蔑地哼了哼鼻子说：“就你这破锣嗓子，还敢跟人家任哲中比，捏着软几巴充硬汉呢。”他故意开玩笑地：“我看他任哲中也唱得不咋地。”结果两句杠抬得不入辙，老汉干脆一鞭子将他吆下去，“你倒算个做屎的！”然后“驾”的一声愤然催马而去。

趣闻B面：还是上面这档事，老汉听他唱周仁听得入了迷，连“戏匣子”都关了。任哲中问：“你觉得我唱的跟任哲中比咋个像？”老汉一拍大腿：“哎呀，太神咧，把任哲中绝对咬死了，你要是去唱戏，早都把他日倒了，还任（人）哲中哩，叫个牛哲中还差不多。”

对经典须有温情和敬意

国学经典，近百年来，冷热起伏，几起几落。拥戴者，奉若瑰宝，誉为济世灵丹；弃之者，视若鸦片，恨其铲除不尽，恐再“吃人”。在上个世纪初那种积贫积弱、饱受屈辱的年代，当时的精英人士，对家国恨铁不成钢，骂几句祖传典籍，说点“砸烂”“打倒”之类的话，也确实是出于一种责任情怀和担当意识。不过有些掷地有声的话语，在今天看来也未必都是理性的，家道衰落了，不定全是那些祖传典籍惹的祸嘛。历史，是一个复杂得不能用任何单一方式注解的复合体，任何企图用简单话语归纳历史的做法都是粗暴和捉襟见肘的。同样，在今天这个已跃居世界第二大经济体的中华家邦兴盛期，我们对自己的文化认知，也未必都是理性的，什么典藏翻出来都能“包治百病”“包打天下”，恐怕又是另一种“夜郎自大”式的“笑傲江湖”。因此，对于我们的传统文化，尤其是那些堪称经典的宝藏，更需要悉心阅读，理性梳理，全息认知，从而使我们能够更加美好、持续地活在一个既不自失也不盲从的精神家园中。

曾几何时，对传统文化经典的解读，“忽如一夜春风来”地

“花开遍地”，大小书摊，琳琅满目。几千字的元典，能解读成数十万字的“砖头”，你方抡罢我方拍，其中有让人醍醐灌顶、豁然开朗者，也有“文抄公”“瞎蒙公”之流，更有“膨化酥”“注水肉”之类，总之，借经典的灵堂，哭自己恓惶者居多。如果一味地想从这些被彻底稀释的“软阅读”中，获得文化典籍的原味汁液，多半会倒掉胃口，甚至完全看轻典籍的价值，直至成为新的传统文化“蔑视者”。因而，在当下，要想全面认知民族传统文化经典，必须从触摸元典开始。

其实历史上已经多次出现这样的开始。孔子是一种开始，他从周文化元典开始，孟子也是一种开始，他由孔子开始，董仲舒、朱熹、王阳明是又一种开始。这种开始都有从元典出发的特征，梳着梳着，后面越来越粗的辫子就未必还是原来的那缕头发了。今人梳出的一些“花辫子”，更是焗、烫得油汪水亮，再硬接到孔、孟者的发髻上，文化的庄严感顿失，想要发扬光大，岂不贻笑大方。

尤其是近年流行的典藏“修缮”热，更是牛头不对马嘴，无论是《三字经》还是《弟子规》，这些传统文化的浅显读本，都因具有所谓的“实用性”，而惨遭阉割，生生搞成了传统与现代的“拉郎配”，让人读后哭笑不得。问题都出在我们总是怀疑别人的判断力，总是想给人一个现成的思想让人“就范”。因而，便搞出了许多非驴非马的“精心”篡改。这种篡改的结果是：传统的似乎很现代，现代的似乎很传统，让人更加难以对这些典籍有好感。至于各类与当下经济社会直接“对号入座”的“演义”读本，就更是远不止“三俗”的俗不可耐，读后只会让人对被阉割的传统经典敬而远之。

读中华元典，不仅是对文本原义的回归，更是对历史人文图谱的还原，无论《论语》还是《孟子》，在阅读中，我们甚至能感到两位圣贤的飘然而至。孔子略显木讷，弟子问几句，他只回答一句，那一句出来，用了两千多年，还找不到更合适的替代话语。而孟子却是滔滔不绝，无论是弟子还是王者，只要问一句，他就会回答十句，不仅辩证，而且充满情感与道德力量，嘴多得让人甚至有些讨厌，太好辩，还“当今之世，舍我其谁”地傲态十足，但也不得不佩服他思维的缜密与用语的精到。如果不读元典，就难以还原出一位先哲的生命质感。任何学术，远离了人性温度，就变得枯燥乏味，形同僵尸了。无论读老子、庄子，还是孔子、孟子，性情的无处不在，也是他们能沧海桑田、历久弥新的重要原因。触摸元典，其实更是触摸先哲们性情深处的本来温度，从而准确把握精神光源对现实世界的可能照耀。如果直接用现代话语进行勾兑，这些可以穿越历史隧道进行触摸的人性温度，便荡然无存了。

在《论语·乡党》中，有这样十二个字，读后令人直接感受到了两千年前人本、人道的浓郁气息：“厩焚。子退朝，曰：‘伤人乎？’不问马。”马棚失火了，孔子从朝堂回来，先问“有人受伤”吗？而没有问马。曾几何时，我们的社会只问“财产”，不问个人生命安全，演出了多少不该上演的悲剧。其实这些轻贱生命的病毒并不在传统文化的源头那里。无论孔子、孟子，都是以人为价值主体的，孟子甚至当面批评梁惠王说，你们的厨房有肥肉，棚栏有壮马，而百姓满脸饥色，遍野饿殍，你们这样治国等于是率领禽兽吃人哪。“率兽而食人”的严厉斥责，让人看到了儒家悲悯恻隐的人道温度与仁者爱人的人性深度。孟子还讲：“民为贵，社稷次之，君为轻。”当然，这些理想因没有制度保障，而终使整个封建社会并没有成为孔孟所期望的人本社会。

在元典中，我们还能看到先哲们在政治与道德上，与今人处理事物方式方法上的异同度。譬如在处理国与国的关系上，孟子时代的齐国，见燕国内乱，就出兵去“帮忙”治理，打下燕国后，齐人征询孟子的意见，吞并还是不吞并？孟子回答说，燕国老百姓高兴你吞并了你就吞并，不高兴了就赶快撤离。天下哪有情愿被别国奴役者，但齐王误以为燕国老百姓为了规避战乱，“箪食壶浆以迎王师”就是拥戴他的霸业，结果深陷战争泥淖，最后又去问孟子怎么办？孟子说：赶快发布命令，把俘虏送回去，把掠走的国宝还给人家，再与燕国人士协商，择立一位新王，就立马撤退。只有这样做，才可能避免新的动乱和战争。读《孟子·梁惠王下》中的这段话，看今天国际纷争中的一些场景，就不得不佩服孟子的深刻。今天的政治家们，其高明程度也并未超越孟子，相反，不知孟子者，却定然要重蹈两千多年前齐国的覆辙。

孔子和孟子都是当时的批评高手。与古希腊文明时期的政治、道德批评力量相比毫不逊色。孔子周游列国，是宣讲团，更是批评团，一路走来，没少惹人，并且惹的都是君王和权臣，除了接待上让他不满意，多有“丧家犬”之感外，批评始终没有因外力而中断。他颠沛流离地游走批评了十四年，虽然到处遭白眼，但总归还是没有因言罹祸。这其中除了一次差点被宋国最高军事统帅桓魋所害外，总体嘴巴没遭掌掴，批评环境不算太坏，爱嘟嘟你尽管嘟嘟去，终没成为强权者的刀俎。孟子就更是批评得毫无顾忌了，经常弄得一些想从他那儿“取得真经”的君王下不来台，你失败了他批评，你成功了他也批评，你慢待他了他批评，你太巴结他了他更批评。这种不冷不热、不即不离的状态，可能正是批评与被批评者之间的最好状态。孟子有时批评某些实行霸道而不实行王道的国君，甚至有老子训儿子的感觉，但这些国君最多变变脸色，翻翻白眼而已，拂袖而去的往往是他自己。有一次，孟子因对齐王不满，卷起铺盖走了，但又并没有离开国境，而是在齐国边界的一个小县城盘桓了三个晚上。一个叫尹士的人就批评说，这家伙还是不想离开么，还是贪婪“干泽”（俸禄）么，既然想离开，何必又在齐国边界上磨磨蹭蹭三晚不走呢？孟子也毫不讳言地说，他是盼着齐王有了认识后来追赶自己，他真的觉得齐王要按他的想法干，还是能干成一番事业的，结果齐王睬都没睬他一下，三日后，大失所望的他才“浩然有归志”。尽管批评每每还是以“王弗听”告终，但批评的机会和批评的样态，仍然让人感到一种大气和宽松。在这些元典中，我们读到的不仅是修身、齐家、治国、平天下的理想和智慧，更读到的是一种不能不让人向往的批评与被批评者的听之任之、放之纵之，抑或豪情万丈的生命气象。

我们真的应该回到经典源头，看看文化生成过程中的历史与生命信息，说有现代民主、人权思想的某些因子，也都不是完全不靠谱的认知。可惜的是，始终没有形成一个维护这些批评声音的制度保障，以至于孔、孟二子，一时被誉为至圣，一时又被唾弃为臭大粪。有时我们清算历史账目，也有些不由分说，孔子、孟子常成替罪羊，虽然西方哲学家叔本华、尼采不知后生希特勒为何人，纳粹主义的形成原因不是最终也多多少少清算到他们头上了吗？ 无论他们的哲学思想与希特勒的纳粹暴行是怎么联系上的，但在这个人类历史丑剧的脚本创作者名单里，也赫然添上他们的名字，署名权也总还是值得争议的。 就像我们民族最终把积贫积弱的总账都算到孔孟那里一样，两位老人也是很冤枉的吧，且不说批评了一辈子当权者，并没有人好好听，即就是从批评的内容看，也是与后来积贫积弱的社会现实相背离的。他们主张人民当“富之”“教之”，当“有恒产”，认同“人亦孰不欲富贵”，不过反对不择手段，将天下财富“一人货之”而已矣。

西方的现代文明，是从古希腊哲人苏格拉底和柏拉图的哲学大树上生长出来的果实，无论他们的赞美者还是批判者，都为这个文明增添了无尽的枝叶。 如果拿孔孟与古希腊这两位哲人相比较，从本质上，企图确立道德、建立秩序、追求至善等，应该说从精神上是隔河相望的。 他们的共同特点是善思，并且特别喜欢教育人，尤其是始终站在社会批判的立场上。 他们的共同命运是当时都不风光，宁可忍受不公正，也不去做不公正的事，苏格拉底甚至被处以极刑。 孔孟都喜欢扮演“王者师”的角色，由于主体意识太强，太想推行自己的政治主张，而都被王者所不待见。 柏拉图也先后两次到暴君那里构筑哲学王国，也都以失败告终。 在文明的源头时期，先哲们远隔万里，却有着相同的人格精神，对于人类社会发展也有着诸多相近的思考，后来，渐行渐远，以至形成十分对立的中西方文化冲突。 其实，中西方文化是两条优美的平行线，共同照耀着人类的历史。 在全球化的今天，梳理好自己的文化源流，为和谐世界大家庭多提供一份精神动力，当是我们民族的责任和担当。

西方当代最负盛名的历史学家阿诺德·汤因比说：“就中国人来说，几千年来，比世界任何民族都成功地把几亿民众从政治文化上团结起来。他们显示出这种在政治、文化上统一的本领，具有无与伦比的成功经验。这样的统一正是今天世界的绝对要求。”中华文明几千年延绵不衰，核心是文化中的睦邻、谦和、礼让、宽恕、仁义、孝悌等因素，多于西方文化中的竞争、豪夺、雄强、以自我为中心等因素，在老子、孔子、孟子这些中华文化的先祖那里，始终反对“霸道”，力主“王道”，所谓王道即“仁爱”“恻隐”“亲民”“止于至善”之道。而西方文化自古希腊古罗马以降，崇尚丛林法则，优胜劣汰，以强为美，喜好征服、占领，从本质上，西方文明具有进取心、进攻性，而中华文明具有柔韧力、内敛性。西方文明得力于法制的不断完善，而终于把狂悖之心羁绊在社群所能容忍的轨道内。中华文明，始终在法制上偏向人治，相信自我修养、自我约束的力量，从源头的孔子就不喜欢“听讼”，他说：“听讼，吾犹人也。必也使无讼乎！”意思是说，在听取诉讼方面，我比别人也好不到哪里去，不过我以为最重要的是不让诉讼的事发生。这是中西方文化源头上的区别，也是我们今天开放的中国需要修补的一课。但作为人类社会的一种生存方式，一种不要过度拉紧人与人之间关系的“忍让”文化，也应该是人类社会学家不能不正视的问题。任何事都过犹不及，法制也不例外，“木强必折”。

作为一个世界公认的传统文明国家，几经变迁，今又崛起在世人面前，无论我们有没有准备，我们都需要为人类的和谐发展拿出我们的“药方”。所谓人类问题，其实就是生存着的人们的各种关系问题。人类出了那么多先哲，到现在把这些关系也没理顺，有的相反还越理越糟。在华夏民族始终没有中断的文明中，确有许多解决这些复杂关系的良药。“一根筋”地推崇中华传统文化的钱穆先生说，对本国历史要持一种“温情和敬意”，这是一句非常到位的话。这里不仅有感情因素，更有普适的理性蕴含其间。孔子其实就是一个古代文化爱好者，他终其一生克己以复周礼，就是为了融通当下。对历史的尊崇，对古代精神的复兴拯救，其实是防止一种傲慢自大心理，通过对永恒真理的温习，从而产生新的生命哲学，这是人类永远不能放弃传统经典的原因。无论孔子、孟子，回到元典阅读，他们都像普通人一样极其鲜活地存在着。如何去发掘隐藏在已千变万化了的各种学说背后尚未完全遗失的经典原貌，获得真实的体温和人格图谱，从而剥离后世僵化、变异、乏味、随心所欲的解读，尤其是那些自以为智慧的肢解和篡改，当是目前国学热中应解决的重要问题。其实孔子从来都是开放的，他周游列国，既是兜售，也是学习。传说中，孔子曾两次拜访根本瞧不起自己，且思想精神实质也大相径庭的老子，在遭受批评以后，回来还对老子大加赞赏。这种胸怀正是我们今天既正视自己的传统经典，固本培基，又不失自我地向别人学习，从而在自己的森林中，重新培植起为世人瞩目的参天大树的最佳时机。

在佛教文化中汲养

对于佛教文化，恐怕一切从事文化工作的人，都是绕不开的话题。无论你从元典中直接汲取了多少，只要涉及中华传统文化，你都是自然深陷其中了。尤其我所从事的民族戏曲这一块，更是与其紧密相连，甚至可以说是血肉相连。在民族传统戏曲中，佛家的言语，佛家的生活，佛家的故事，佛家的精神义理，可以说经意与不经意地贯穿了几百年戏剧创作的始终，其中相关剧目、故事、人物、寺院不胜枚举，我作为一个传统文化的继承者，也就毫不例外地游走在其中了。

我个人与佛教文化的接触，最早应该从儿时读《西游记》开始。不过那时只对佛家弟子孙悟空、猪八戒、沙僧感兴趣，对唐僧就大打折扣了。唐僧历尽九九八十一难，并且是唯一一个历史真人，却被吴承恩弄成这么个形象，这对佛家来讲，可能多多少少有些遗憾。但悉心阅读，我们也会发现，吴承恩对唐僧这个形象，也是充满感叹、敬重与理性思辨的。面对各种妖魔鬼怪，唐僧的“迂腐木讷憨痴”，甚至“不辨真假”，恰恰是佛理佛性的自然展露，如果佛界将天地之间的各色人等区分得跟人间一样，那佛的横空出世，对于斗斗杀杀、流血不止的人间又有什么意义呢？ 具有世间大爱的佛陀的降生，恐怕就是要用来模糊和修正人妖、善恶界限，从而化育万物，让生命本性归一的。从这个意义上讲，无论是吴承恩的《西游记》，还是舞台上的各种西游故事，抑或是电视剧《西游记》、动漫西游等，对真和尚唐玄奘的形象塑造，也就应该得到我们的理解和宽容了。 佛的包容应该越过人的经验世界，去化解世间纷扰的万事，这似乎才更接近佛的原初旨意。

我始终对佛家的精神定力有一种特别的感念。 这还得先说唐僧。 对于儿时翻得滚瓜烂熟的“娃娃书”《西游记》，我们是太多地埋怨了唐僧对孙悟空的不公，而没有想过，作为这个取经团队的“一把手”，如果一路听凭猴子率性杀伐过去，西天取经的价值意义又何在何存呢？ 如果任由孙猴子、猪八戒们的性格发展，这个行进的队伍早就四分五裂了，之所以最后能够到达西天，取得真经，根本是团队领导唐僧的坚强信念使然，是他貌似柔弱其实内心十分刚毅的精神定力，凝聚了人才，凝聚了队伍，指引了航向，最终完成了壮举。

我还读过一个叫彭端淑的清人写的笔记，篇名叫《为学一首示子侄》，说是四川边远偏僻的地方有两个和尚，一个穷，一个富，两人都有到南海普陀山拜观音的理想，穷和尚总催富和尚出发，富和尚却老说没准备好，催得急了，富和尚就问穷和尚：“你凭啥能到几千里外的普陀山去？”穷和尚说：“一瓶一钵足矣。”富和尚笑他说：“我准备了这么多年，想买条船去，都没成行，你凭一瓶一钵就想去南海，真是太可笑了。”后来穷和尚就离开了。 富和尚还在准备。 谁知一年后，穷和尚从南海取经回来了，文章写到这里说："富僧有惭色。"结尾疑问句更是好："西蜀之去南海，不知几千里也，僧富者不能至，而贫者至焉。人之立志，顾不如蜀鄙之僧哉？"这篇笔记，我推荐过很多人看，甚至让女儿背诵过，我觉得它对我的人生影响是巨大的。无论唐僧，还是这个西蜀贫僧，给我们的都是一种人生行进的姿态，这种姿态是用信念雕塑而成，无论面目如何柔弱卑微，其内在的精神力量都是坚不可摧的。这些僧人的故事虽然过去了几百年、几千年，但当他们在任何时代、任何一个人心中被突然唤醒时，都会让人心灵震撼，并为之赞叹唏嘘不已。

好几年前，我去法门寺参观，时任法门寺博物馆馆长的韩金科先生，给我们讲了一个老和尚的故事，使我当时浑身颤抖不住，甚至热泪涌流不止。这位和尚叫良卿法师，是法门寺上个世纪五六十年代的住持。在"文化大革命"中，一群稚气未脱的"红卫兵小将"杀气腾腾地闯进法门寺，对风雨剥蚀的千年古刹进行了极尽能事的毁坏。八十高龄的良卿法师双手合十，打坐在蒲团上，嘴里念念有词地诵读着佛咒，但这些咒义没能阻止住疯狂人群的所向披靡。终于，这群无法无天者在佛祖安息之地，深挖起了"蒋邦匪特的电台"，而那下面就是二十年后佛指舍利"盛世重光"的地方。眼见佛界最大的秘藏就要在不该揭秘的时候"漏光走气"，无数珍宝可能毁于一旦，良卿法师先是奋不顾身地滚进挖开的地沟予以阻止，在惨遭暴打仍无济于事时，这位大德齐天的圣僧，非常高贵地穿上木棉袈裟，将香案上的供油从头泼下，尔后抱来一捆柴草，在释迦牟尼真身宝塔前，刺啦一声划着火柴，让自己的肉身在冲天的火光中完成了惊天动地的涅槃。这种壮怀激烈的场面，瞬间凝固了一切愚顽的盲动，对于未曾经历过死亡的人来讲，无异于头顶爆响一枚炸弹，“小将”们先是惊悚，继而战栗，惶恐之余，一切热情、狂悖顿失，纷纷四散逃去。良卿法师用他的生命保住了法门地宫的隐秘门径，未被愚昧提前打开，以至今天在我们目睹了这些出土圣物、国宝后，仍要后怕当时那千钧一发的境况。从这个意义上讲，良卿法师不仅是佛界的圣徒，更是人间的英雄，民族的精魂。我当时甚至产生了一种创作冲动，却因对佛家生活的陌生，而久久萦绕于怀，始终未敢下笔。但对佛门精神境界的感知，由此提高到了一个新的层面。佛是超验的，又是现实的，良卿法师何不就是我们心中那尊最神圣的佛呢？

话题还是回到唐僧身上，这是我近几年创作中，几次想触摸的人物之一，另外还有司马迁、颜真卿，他们的人格与故事，都深深地打动过我，各种资料也搜集了很多，就是还没有落到字面上。尤其是唐僧这个人物，我觉得特别让人有一种创作冲动。他的那种精神定力，在今天这个时代也是最需要的。前几年，我练书法，正临颜真卿的楷书时，有个书法家朋友让我把怀仁和尚集的王羲之的《圣教序》临一百遍，说字就会大变样，我按他说的做了，两千多个字，先后用两年多时间临了一百遍，不仅书法有所长进，更重要的是，每日与唐僧的精神活动为伍，深感获益颇多。两位大唐皇帝，都用十分精到且不吝赞美的文辞，弘扬着一个高僧大德的功绩，临着临着，禁不住总要诵出声来：“有玄奘法师者，法门之领袖也，幼怀贞敏，早悟三空之心；长契神情，先苞四忍之行。松风水月，未足比其清华；仙露明珠，讵能方其朗润。”“引慈云于西极，注法雨于东垂。”等等，书法、文采双绝，真是美不胜收，两年下来，不知把多少精美句子临摹下来送了朋友，至今回想起来，仍是一件十分惬意的事。尤其是《圣教序》之后，还录了玄奘翻译的《心经》，也是集王之字，大家由于爱《心经》，而向我频频索求所谓“墨宝”，几年下来，已有几百幅抄录送人。走得最远的一幅，甚至进了美国白宫。那是 2008 年的事，我们单位一个培养艺术人才的项目，获得了美国总统人文艺术委员会“站得更高”奖，我带人去领奖时，送给小布什夫人劳拉的礼品，就是自己临习的《般若波罗蜜多心经》。在《圣教序》和《心经》的反复临习中，玄奘在我心中的形象更加活跃起来，我甚至已经铺开稿纸，开始了他的人生故事的舞台构思。这期间，又翻阅了季羡林先生等校注的《大唐西域记校注》，以及《大慈恩寺三藏法师传》和电视专题片《玄奘之路》等，由于资料丰富，且人物久远地植根于百姓心灵，因而，深感人物塑造之难，艺术突破之不易，走走停停，到现在也依然还是个构思。幸好 2009 年秋天，大雁塔住持增勤方丈突然找我，说是要搞一台佛教主题晚会，配合长安佛教论坛活动，我才用一个小节目的形式，把唐僧形象搬上了秦腔舞台。也算是创作的一个前奏吧，反正玄奘我是要写的，不写灵魂似乎不得安宁。

还说那台佛教晚会，我们单位接受了这个任务之后，投入了五百多人力，先后创作排练了近三个月。这里面最大的亮点是用秦腔演唱玄奘翻译的《心经》。这是著名作家樟叶先生的点子，他担任这次活动的总策划。他以为，《心经》是在长安翻译的，玄奘又是大慈恩寺的首任住持，这次论坛活动又叫长安论坛，就应该用长安的声音，将《心经》咏唱出来。经过作曲家的反复揣摩，增勤方丈几番点化，艺术家们再三修改，《心经》

最终唱出来时，获得了满堂彩。

在这台晚会上，我还创作了一首主题歌，也算是我对佛教认知的一点儿心得总结，歌词是这样写的：“我在繁华的人间生活，心中打坐着一尊静谧的佛，这尊佛让我慈悲为怀，这尊佛让我不可作恶。我们干干净净地活着，我们实实在在地收获。给别人以赤诚和金诺，天地会清澈如露心不愧怍。我在喧嚣的尘世走过，心中淡定着一个微笑的佛，这个佛让我善良祥和，这个佛要我大度宽博。人间彼此相依才有我，生命和美与共自蓬勃。给他人以温度和薪火，世界会阳光无限行走辽阔。”我给它起了个名字叫《微笑的佛》。樟叶在《华商报》上给予了几乎是一个整版的点评提携，让我深感暖意。曲是赵季平作的，演唱是杨洪基，观众报以热烈的掌声，我想那是给他们的，我为自己能给佛教做一点儿微薄的工作而感到由衷的快乐。

对于佛教，自己真的知之太少，写《微笑的佛》，不过是俗人看佛而已。前两年一文友赠我三卷本《印光法师文钞》，细细品读，深感佛教的精妙高蹈，佛教界真是“藏龙卧虎”之地，印光还是陕西合阳人，那种对儒释道的深层打通，读来令人叹为观止。他的许多信件，已不是在单纯讲佛，而是在讲道，在讲儒，在讲人类的普遍哲学。我想，古往今来，之所以有那么多文人雅士热衷于佛学，这种对人类真正文化大师的仰望，当是覆之蹈之者络绎不绝的重要原因。弘一法师就是这方面的典型代表。当然，他有他心灵的难题，也需要佛理去悟证释觉，但从他对诸多经文的个体解读来看，那又何尝不是他追求人生的另一种哲学把握高度呢？我特别临摹过弘一法师书写的《心经》，那种脱俗、静谧、内敛、高洁之气，是能临得了外表，临不了精神的，这恐怕是李叔同脱离尘世，皈依佛门后生命最本真的流露，看似平淡无奇，实是字字见心，不可企及。其实佛门还有许多如雷贯耳的名字，在支撑着它的精神体统，我想，佛教界跟其他学术界一样，在时代的发展演进中，也要呼唤饱学之士，呼唤真正有定力的精神传承者，呼唤佛门的参天大树，不能扁平化、世俗化甚至平民化，佛界有开先河的鸠摩罗什、玄奘，有近现代的印光、弘一法师，还有以身护法的当代良卿住持，这些精神领地的高蹈、华贵者，当是佛教得以持续发展的不朽基石。

我与佛教的缘分与愚知，大概就是这么多。另外，需要说的是，我是一个特别喜欢去寺院感受文化氛围的人，也是一个爱与僧人交朋友的人，除了增勤法师，我还与长安石佛寺住持演德法师、华严寺住持宽昌和尚等有过较多接触，我爱听他们讲僧人的生活，听他们讲佛道。无论走到哪里，每遇寺院，必进去看看，看僧人神情专注地打坐念经，看建筑，看雕刻，看泥塑，看匾牌，看对联，特别好的我还会抄下来。寺院的好对联真是太多了，内涵丰富，对仗工稳，平仄协调，读之朗朗上口，并令人茅塞顿开，常有醍醐灌顶之感。因出差机会多，国内的许多佛教圣地，都得以拜谒，这对我人生的多维滋养，帮助是巨大的。有一段时间去台湾，我先后跑了两个大寺院，一个是台南的佛光山，因为那里有星云法师，我读过他《金刚经讲话》和《六祖坛经讲话》等几本书。进山后，当然是希望能够巧遇，自然是没能巧遇，问一和尚平日能否见到大师，和尚双手合十说："那要看缘分。"后来又去看了中台禅寺，规模很大，并且十分注重文化的浸润。这是大陆许多寺院所缺乏的东西。我们好多寺院历史悠久，文化内涵丰赡，但并没有很好地打文化牌。相反，有些寺院已被浓厚的商业气息所遮蔽。我近几年游寺庙，甚至几次被穿着僧衣的所谓僧人所欺骗，要么是把你领进一个地洞，要么是领进一个密室，说里面有稀世佛像或佛门真迹，一旦踏入，即变成强硬索钱的“战场”，有些还是很有名的寺院，这让人对佛门净地的神圣感大打折扣。佛家一旦浮躁、伪善、趋利、媚俗、堕落，必然使其精神大厦轰然坍塌，并由高贵迅速沦为贫贱相。

增勤法师说：“佛门也非净地，佛门更需在时代发展中，强化自身定力，以自己的修为，发出正大光明的声音。”

我觉得这话讲得好。

由秦腔生存状态想到的

秦腔是梆子腔的鼻祖，属民族最古老的戏曲剧种。曾对山西、河北、北京、安徽、浙江、江苏、湖南、湖北、四川、云南、贵州、广西等地的梆子腔剧种产生过重要影响。有的地方剧种直到上世纪五六十年代，还叫秦腔，后改名为地方“梆子”戏。鲁迅说他家乡的绍剧，就是“秦腔的旁支”。作为产生于大西北的秦腔，又是如何形成了如此广泛的流播区域呢？成熟于明代中叶的秦腔，一是靠李自成起义军的“四处点染”，得以“恣肆泼洒”。李自成军队的军乐是秦腔，他的“军队文化”是秦腔戏，他的主要将领都是秦腔迷，有的甚至是高级票友，因此，军旗指向之处，秦腔便绕梁不绝于耳。这是明末清初时秦腔得以广为播种的原因。后来，秦晋商人又将秦腔作为经商的媒介，带到了“山陕会馆”所建立之所。山陕会馆设立最多时，在全国拥有近三百个，几乎没有省份空白。这些会馆大都养有秦腔班社，即使没有，也会定期邀请秦腔名家巡回演唱，因而，秦腔再一次得到了传播机遇。

秦腔又一次产生广泛影响，也因此而走向衰落的转捩点，是清朝中叶所出现的戏曲的“花雅之争”，所谓“雅部”，指的是昆曲；“花部”指的就是以京腔、秦腔为代表的地方戏曲，俗称“乱弹”。雅部由于过于文人化、贵族化，已经到了看戏时尚须掌灯翻阅剧本才能弄懂戏文的地步，其辞藻华丽，用典冷僻，佶屈聱牙，普通观众听戏如听“天书”。而花部则家长里短，通俗易懂，“其词直质，虽妇孺亦能解；其音慷慨，血气为之动荡”。很快，京城“六大班伶人失业，争附入秦班觅食，以免冻饿而已”。花部因深接地气，而取得决定性胜利。在这种竞相聚集交流中，地方戏相互竞争，也相互汲养，促使民族戏曲进入空前发展阶段，京剧就是“花雅之争”的最终硕果。

任何事物都有其两面性，以秦腔为代表的地方戏曲，在破“雅”之旅中，由于过于看重“市场份额”，为迎合观众，也不断制造了许多低级趣味，甚至不惜在舞台上“打情骂俏”“以色赢人”，最终不仅遭到清政府的“围追堵截”，直至大开杀戒，而且也被观众弃之若敝屣。取得“花雅之争”最后胜利的花部团队，争到手中的是一把锋利的双刃剑，虽然封堵了雅部的咽喉，但终因缺乏对自己的清醒认识，盲目乐观于“上座率”“出票率”“追捧率”，作为“高台教化”的戏曲艺术，为单纯的“经济效益”一再失守道德底线，也让自己在观众中渐次“声名败落”，终究还是纷纷“抱恨而归”，也无异于是一种拔剑自刎。

秦腔在“花雅之争”的最后落幕中，既是壮怀激烈，也是沧桑悲凉的。秦腔最著名的“男旦”魏长生，也是花部的“盟主”式人物，在清代乾隆嘉庆年间，曾先后三次进京演出，第一次“初试锋芒”，未获成功，回到西安后，发奋努力，刻苦钻研，背负“惊人绝活”二次进京，竟然“轰动京师”“观者如堵”，其他戏班的营业都受到巨大影响，有的难以为继，为趋迎观众爱好，干脆纷纷改唱秦腔。当时流行着这样的话语：“谁家花月，不歌柳七之词；到处笙箫，尽唱魏三（魏长生小名）之句。”魏长生的成功与“艺不惊人死不休”有关，艰苦玉成，终至登峰造极。但在他的秦腔生命形态中，也有“野狐教主”“妖媚过头”甚至“坑死人”之誉，意思是说，谁看一眼就能把人害死，终因“色情成分过浓”，而被驱逐出京。为此，耿耿于怀的他，虽到南方演出，对扬州、苏州、四川等地的戏曲发展产生了重大影响，但“哪里跌倒哪里爬起”的内心纠结，使他终于在对剧目做了重要调整后，第三次踏上了进京献演之路，企图以此重振花部雄风。然而，这次演出虽获成功，但魏长生终因心力交瘁，英雄末路，苦苦“战死”在了舞台上。艺术的高度是由顶尖艺术家撑持起来的，有时一个天才的陨落，可能就是这门艺术的低谷甚至终结。秦腔在清代的辉煌鼎盛，就是以魏长生为起始及终结点的。

秦腔与魏长生在清代的“峭拔”与落寞，对于今天的艺术创作发展，甚至文化建设，都有十分重要的启示与省察意义。一门艺术的勃兴，必定与地气相连接，不能植根于深厚的生命土地上，再鲜艳的花朵也是会枯萎的。戏曲的“花雅之争”，就充分揭示了这个道理。秦腔在昆曲的“作茧自缚”时代，冲决一切，所向披靡，凭借的就是“地气”，是老百姓的拥戴。秦腔有一位十分著名的剧作家李十三，也活跃在那个时代。他创作有脍炙人口的“十大本”，其中《火焰驹》等几本戏，已成为不朽经典，《万福莲》一剧，上世纪中叶，经由戏剧大家田汉改编为《谢瑶环》，至今仍活跃在京剧和多个剧种的舞台上。李十三与蒲松龄的经历十分相像，一生求取功名，“高考”不第，最后干脆回到乡间，一边教书，一边帮老婆推磨贴补家用，一边与皮影艺人打得火热，为他们创作剧本。由于他的“戏本”能“挠到百姓痒处”，而“红极一时”。他的剧作具有民本思想，并闪烁出早期民主思想的火花，最终，也是在“花雅之争”的“扫黄”打击中，不分青红皂白，悉数“斩尽杀绝”的。可怜一介书生李十三，甚至是在朝廷的追捕中，暴跑二十里，一头栽在一块麦田中殒命的。

秦腔在清代的兴盛，得力于它的民众性、草根性，但由于艺人们毕竟文化层次不高，没能把握好表现的度数，加之那个时代本身就是大量制造“文字狱”的时代，文艺作品动辄撞“高压线”，当一些作品越过统治集团的“红线”时，以“扫黄”名义弹压下去也不完全是清人甚至中国人的发明。问题是，具有如此强大民间推动力的秦腔，怎么从此“一蹶不振”，而未能“野火烧不尽，春风吹又生”呢？从大量清人笔记中，可以看到花部乃至秦腔，在“誉满京华”时，危机已经显现，那就是民众自身对过于低级庸俗表演的挞伐。一种事物当成长得过于自信甚至膨胀时，狂悖之心就会产生，加之一味看重“票房”价值，“温水煮青蛙”般的一点点下探道德底线，“接地气”就成了“放地气”，连拥戴自己的大众都贱看了自己的放纵失守时，辉煌的拱顶自然就轰然坍塌了。

秦腔的再度复兴，是直到辛亥革命以后的事。1912 年仲夏，古城西安的一帮知识分子创建了“易俗社”，办社宗旨非常清楚，他们认为“社会教育感人至深、普及最广者，莫若戏曲。旧日戏曲优良者固多，而恶劣淫秽足以败坏风俗者亦属不少”。

有鉴于此，他们发起了“编演新戏曲，改造新社会”“不专以营业为目的”“以补社会教育之缺陷”的办社倡议，拉开了“启迪民智”“移风易俗”“改造社会”的新秦腔的序幕。1938 年夏，毛泽东又在延安倡导组建了陕甘宁边区民众剧团，以唱陕西地方戏秦腔、眉户为主，进入这个团队的一部分是知识分子、进步学生，也吸纳了许多知名秦腔、眉户艺人。团长是“狂飙诗人”柯仲平。毛泽东之所以要求组建这个团，就是考虑到当时延安的实际，希望以地方戏的形式发动群众投身抗日。直到解放战争，剧团先后演出近三千场，观众数以千万计，毛泽东曾表扬说：“秦腔对革命是有功的。”

最重要的是，秦腔在这个阶段，还开拓了现实题材的创作实践活动，民族戏曲现代戏在延安应运而生。以著名剧作家马健翎为代表的民众剧团的戏剧家们，第一次用时装表现当下生活，创作演出了《穷人恨》《中国魂》《血泪仇》《十二把镰刀》等作品。由此，中国戏曲现代戏这个新生儿，又从最古老的秦腔剧种这里呱呱坠地并蹒跚起步了。

纵观秦腔的发展流变史，另一个重要启示是，任何一门艺术都不能脱离时代而存在，尤其是传统精粹艺术，如果一味强调所谓的“遗产原生态”，以遗址和博物馆的保护方法进行保护，只能加速其衰亡。连花岗岩质的摩崖石刻最终也是会风化完的，更何况“活体”艺术，如果不在“活”字上下功夫，也就必“死”无疑了。我以为，“活”字首先表现在自觉吸纳时代精气上。秦腔在上个世纪之初的大面积复活，与秦腔人自觉将自己的命运同国家的复兴“气场”紧密相连有关，如果一味龟缩在自己的小天地中，即使“唱、念、做、打”得再精良，流派继承得再传神，也仍是一种“伴宴下酒”的精致“把玩”，当它饱蘸生命的琼浆，插起哲思的翅膀，在时代的演进中深刻省察历史和现实，并发出强有力的声音时，它的生命形态便是不喊叫“振兴”就自然处于振兴状态的。相反，一旦脱离时代，自我封闭，或者成为时代的“应声虫”，即使再“振兴”，也是振而不兴的。“文革样板戏”就是民族戏曲沦为“应声虫”的最好注脚，脱离时代不行，沦落为时代的“活报剧”更不行。戏曲唯有始终站在民众立场上，坚持独立思考，持守美学品格，守望恒常价值、恒常伦理，不跟风，不浮躁，敢于担当，勇于创新，与国家、民族同呼吸共命运，才可能赢得与时代艺术同步发展的空间，否则，就只能是一些人所希望看到的“微缩景观”。

戏曲另一个不能丢弃的“法宝”是“高台教化”。这也是一个屡遭批评的“古董”“短板”。在今天这个“娱乐至死”“愚乐至死”的时代，重提舞台艺术的“高台教化”传统，具有深刻的反思意义。在文化几成感官刺激、欲望满足、游戏滥觞的“快乐时代”，有一点儿正经，有一点儿正形，有一点儿常规判断和识别，继之有一点儿教化作用，让人在娱乐中获得一点儿人生启迪，是没有什么坏处的。更何况今天这点“娱乐至死”“欲望至死”的“偏方”，早在清代秦腔就用过了，事实证明，那是秦腔的“苏丹红”“瘦肉精”和“毒奶粉”。一种文化，过分推崇覆盖面、关注度、收视率、发行量、点击率、票房、流量，也就有意无意催生了它的“邪僻性”，持守恒常是一种“道”，如果守道容易，几千年来，那些圣贤也就不会日月轮转不息地“絮叨”个没完了。

秦腔属于大众艺术，至今仍在西北大地上具有广泛的群众基础，陕西甚至有“三千万儿女齐吼秦腔”的民谣，虽然没有一些时尚艺术、“惊艳表演”那么具有“卖点”，成为市场的香饽饽，但在广大农村地区，优秀专业院团的广场演出，人山人海的簇拥场面并未锐减。秦腔依然是大西北人把握世界、认识世界的重要方法之一。面对今天文化普遍奔向市场与产业化之路的热闹喧嚣，秦腔的市场化之路明显处于尴尬境地，想看秦腔戏的老百姓，手头并没有太宽裕的文化消费款额，因而，常态看戏的人群，仍处于对低价戏票和公益性演出的期待之中。任何企图从这种古老大众艺术身上获取暴利的想法，都是不切合实际的。因为这种艺术没有能够刺激欲望的妖冶之姿，也没有语出雷人的时鲜怪叫，更不能“立竿见影”地指明生财之道，它只是向你诉说着仁义、道德、孝敬、良善、宽厚、忍让、自尊、自立这些生命通识，与当下物欲横流的诸多生命动脉不大对接得上，因而，“边缘”“淡远”这些名词将会长期相生相伴。无论怎样，秦腔是秦地的一张文化王牌，因受众面广，并深牵底层百姓精神生活样态，而备受关注。

秦腔和更多的民族戏曲艺术一样，都是有数百年生命的老人，经见过不少世事，也就更应该以一个历史老人的淡定情怀应对沧桑剧变，既不“讳疾忌医”、抱残守缺，也别“见医就投”，以至于过度治疗而死。更别眼馋时尚艺术的“灯红酒绿”与随物赋形。金钱固然是好东西，但对于一位文化“长者”的千年标高与风范来讲，又是无法等价交换、等量齐观的俗物。古老艺术更应活得有些尊严感，更应“心明眼亮”，懂得守常、守恒、守道，有所为，有所不为，真正根植大众，对历史负责，对未来负责，从而寻求属于自己的无法替代的那片生命天空。

文艺塑造人

从《诗经》开始，文艺就在修养人的道德与塑造人的性情、品格方面，发挥着润物无声的教化作用。在孔子看来，读《诗》，甚至是“立人”“成人”的根本手段。古往今来，无论东方西方，都有关于文艺功能的诸多争论，但文艺作品对人的精神情操的净化、提升、引领、塑造作用，是不容置疑的。它的特点，就是长期滴渗，点点润泽，化物无声。

我过去长期在一个文艺团体工作，与一帮给剧院演出装台的人特别熟悉。十几年交道打下来，我写了一部长篇小说，就叫《装台》。他们大多是进城务工的农民，也有西安本土的城中村人，长期装台、看戏、听戏，我觉得，戏剧对他们的化育功效是明显的。首先，这帮人都很善良，也很敬业，并且特别团结，还很活跃，甚至懂得幽默，且是很有文化质感的幽默，与其他农民工群体，是有明显区别的。我的办公室下方，就是舞台的后台出口，他们无论进舞台工作，还是出舞台休息，都会在后台门口盘桓一下，有时干得累了，也会来这里休息、抽烟，包括吃工作餐。因而，这里就成了他们思想情感交流最多的地方。

他们的表述方法，跟其他农民工的最大区别，就是爱用戏剧里边的人物故事，相互调侃对话，比如，说谁做人不靠谱，会说：这家伙跟“张驴儿”一样，“张驴儿”是《窦娥冤》里的一个贪财好色的小丑。说谁没信义，就说这人是“奉承东”，“奉承东”是秦腔经典剧《周仁回府》里一个卖友求荣的小人。说谁不孝顺，就把他叫“大乖”“二乖”，字念转音了，就成了“大怪”“二怪”，这是《墙头记》里两个不养活老爹的儿子，每逢月底，就把老爹从墙头上硬塞给另一个骂骂咧咧的家伙。说谁阴损歹毒，就说他是“屠岸贾”，这是戏曲经典《赵氏孤儿》里制造赵氏灭门灾祸的家伙。总之，他们的谈吐中，不仅有很多戏曲人物的名字，而且还有许多戏曲唱腔、道白里入木三分的精彩句子，而这些句子里，有人生观，有价值观，有道德观，更有嬉笑怒骂中的讽刺、揶揄、机智、幽默，一切都在不经意中，就让人听到、看到了一群装台人的生命情怀和人性温度。由此，让人想到数百年来，戏曲艺术对一个民族精神人格的塑造过程，尤其是在资讯不发达的时代，戏曲甚至充当了历史、社会、文化、政治甚至包括经济交换形态的教科书作用。当然，是塑造，更是互塑，在传播与接受学的互动共生中，把文艺的社会功能发挥到了极致。

今天文艺的样式越来越多，并且传播方式也越来越广泛，像过去对民族戏曲那样的单一接受模式，已经一去不复返了。但从这种形态中，我们依然能窥见文艺对塑造人的巨大作用。不过这个作用，是春风化雨的，是润物无声的，是滴水穿石的，而不是生粘硬贴的，不是热粘冷裂的，不是强注倒灌的，不是雨过地皮湿的。文艺作品，一定是在充分把握了创作规律后，按文艺的习性，深切历史与社会脉动，创作出走心的，而不是技术至上、远离文化、“空心萝卜”、皮焦里生、“好玩得不要不要”的作品后，让受众喜闻乐见着去接受，去感动，去传扬，方可能真正发挥它的社会塑造功能，否则，还可能败坏人的胃口，让文艺沦为“硬胳肢人”的、“乱贴广告标签”的跳梁小丑。我们需要更多的精神钙质，需要能拎起一个民族生命体统的文化建构，从而形成真正雄健的文化自信，这就更需要文艺去努力攀登“高峰”，唯有那些历史认定的巅峰之作，对塑造一个民族的灵魂、启蒙一个民族的心智、形成一个民族的整体精神风貌，才可能是最有用的，也才可能是管长远的。

生命的深井

每个人都有每个人的生命河流，其一生就是他生命河流的长度。每个人也都有每个人的生命深井，这口井就是他的生命深度与高度。我们既不能没有河流，更不能没有深井，作家艺术家尤其不能缺了这口井。创作过程很像是酿蜜，技巧、法则有千万条，来自生活，似乎是带有共性的认知。在初学创作时，也许继承和模仿更为重要一些，用别人的生活与艺术创作经验，来嫁接与放飞自己的艺术理想，往往会有所收成。但长此以往，终是在重复一种毫无价值意义的劳动，也与真正的艺术创作无关。真正的艺术创作，是带着巨大的原创性、独立性与唯一性的，这里固然有偶然性存在，但究其本质，还是生命精神储备、社会生活积累之于“瓜熟蒂落”“水滴石穿”的产物。灵感是有的，可灵感产生一定是在准备充分时才可能点燃的引信，凭空是不会引爆一颗“艺术炸弹”的。

关于生命精神储备，是一个很大的话题，它来自两个方面。一个是对前人经验的继承，获取途径主要是阅读。这也是一口深不见底的井。作家的阅读量应该远远高过常人，才可能获得对社会发言的基本资质。当我们尚不清楚前人与同代“高人”的经验时，也就不懂得对浩渺生活的处理方式。中国古代把有才学的人叫“读书人”，我觉得这个称谓，对于今天的创作者来讲，仍然是最好的生命形态。除了勤勤恳恳做“读书人”外，另一方面就是扎扎实实当社会生活的实践者。社会生活积累越丰厚越密实，压榨出的汁液就越浓烈越醇厚。任何生活对于作家艺术家都是有用的，当你创作时，就懂得了那些平常看似不当紧的“汤汤水水”的重要性。创作者除须尽量打开宽阔的社会生活河流外，更需要穷掘一口盛满了生活浓汤的深井，唯其如此，才可能从生命深处打捞出具有独特认识价值的艺术作品。

河流我们都有，只要在现实中生活，我们都会有一条属于自己畅游过的河流，不过有人善于回眸，善于思考，有人游过就遗忘殆尽，不以为意而已。但深井真是需要寻找，需要开挖，需要苦苦持守的。我创作舞台剧“西京三部曲”《迟开的玫瑰》《大树西迁》《西京故事》的过程，其实就是在寻找、开挖、持守生活之井的过程。这口井我叫它“小人物之井”。二十四年前，当创作一窝蜂地关注“住别墅的女人”“女强人”，抑或是社会成功人士的风生水起时，我无意间被自己住过的大杂院里通下水道师傅的背影所感动，由此开始了持续对普通人生命价值意义的开挖。那时大杂院下水道一月无数次污水泛滥，又无数次在这个背影的躬耕中归于安澜与平静。他是社会最底层，但他的缺位，会立即让这个城市的正常生活秩序大乱，光鲜不再。由此我在思考普通人存在的价值：社会不可能都是精英，而支撑这个社会大厦的绝大多数永远是普通人。宝塔尖是靠坚实而雄厚的塔基撑持起来的，长期漠视甚至消解社会“底座”的价值意义，这个社会是会出问题的。我从通下水道师傅的背影开始思考发散，继而构思了主人公乔雪梅用稚嫩的肩膀托举起几个成功弟妹的故事。全剧最终让那个通下水道者成了这个时代“精神水盆的最大显影者”。这个剧叫《迟开的玫瑰》，已亮相二十二年，数十家剧团移植演出，至今不衰。

在凿开了第一个“小人物”的故事泉眼后，我又接着开挖了第二个“小人物”，那就是十八年前创作的《大树西迁》。这是根据上世纪五十年代上海交通大学西迁西安的史实创作的。如果“正面强攻”，自然会涉及很多“大人物”。但最终我是以一个西迁时年龄最小的青年女教师为“戏核”，用六个不同的时代切面，展现了一个“小人物”五十年的成长史，并通过这个当初不愿西迁的“小人物”向“大人物”不断演进的历史，描绘出了我心中那幅西迁画卷的波澜壮阔与浩瀚沉雄。为找到人物的生命秘籍，我先后在上海交大和西安交大“挖井”半年之久，采访了成百位西迁知情者，直到心中触见“清泉”方下笔。这个剧十六年间演出不断，其主题歌“哪里有事业，哪里有爱，哪里就是家”已成为当下提炼出的“西迁精神”的重要组成部分。

我开挖的第三个“小人物”群像是《西京故事》。创作起始于我当时工作单位门口每日等着找活儿干的数千农民工群体。单位与居民经常会把他们从自家门口愤然“喝开”，以免“膏药”贴住就再也无法揭离。当我扎进这口深井时才知道，这个城市有许多这样的农民工“集散地”，有些村子土著只一两千人，而“暂住者”却达四五万之众。每日清晨和傍晚，村口都是黑压压滚滚而过的人流，看着十分震撼，也十分令人惶恐。但他们自始至终与这个城市相处甚安。他们只负责建设、疏通与“美容”，一旦此处花树成荫，高楼林立，便见他们拔寨转场了。我在这口深井里一扎就是好几年，以至打捞起的生活，在写完舞台剧后，才动用了不到十分之一的库存，而最后又写成了五十万字的同名长篇小说。现在这部小说又被拍成了电视连续剧。

一口井一旦深扎进去，便有取之不尽用之不竭的素材。这个人物掩面而去，那个人物又挺胸走来，只要你始终坚持深水打捞，就有“才下眉头，却上心头”的精彩故事。面对同质化越来越严重的现代生活“模板”，作家更需要守住一口属于自己的生命深井。写出了《喧哗与骚动》的福克纳，甚至一辈子就盯着一个“邮票大的小镇”，为此写了十五部长篇小说。柳青在长安一扎十三年，也是在那里拼着老命地开挖并守望着他的那口井。作为创作同道，我们不能不思考自己的深井在哪里？

近几年，我连着写了《装台》和《主角》两部长篇，其实就是在刻意发掘并守护自己的生活深井。我曾经在文艺团体当过几十年专业编剧，并且还搞过好多年管理，对于这一块，可谓烂熟于心。何况这里的人物与我守望几十年的“小人物之井”又高度重合，因此，《装台》的主角刁顺子，还有《主角》的主角忆秦娥等舞台人生画面，便纷至沓来。“装台”与“主角”，都是形而下的社会职业与角色，也是形而上的生活本质与抽象。“装台”即搭台，无论给人搭台，还是自唱“主角”，都是在演绎着一种具有象征意味的人生。从这个意义上讲，《主角》也是《装台》的姊妹篇。《主角》中的忆秦娥跟着改革开放的进程走了近四十年，自是也裹挟进了社会生活的方方面面。主角与搭台人在共同叙述着他们的依存关系，也在各自诉说着搭台与唱戏，尤其是唱主角的不易。在写这两部小说时，我都有一种写作的“沦陷”感，沉潜其间，回肠九转，而不能自拔。想来这都拜生活深井所赐。写作有千条道理，之于我，只有一条，那就是写熟悉的生活，写反复浸泡过的生活，写已然发酵了的生活。这个生活是一口井，这口井是需要自己努力去打造、经营的，打造得越是深不见底，经营得越是纯粹忘我，经过酿制与压榨，越是能呈现出一种不刻意的喷涌状。作家、艺术家须有很多作业装备，但最重要的，我以为还是要有一口深不见底的生命之井。

文学是戏剧的灵魂

戏剧是靠讲故事取胜的，讲故事就是文学，无论唐传奇，宋元话本，还是明清小说，都为中国戏曲提供了丰富的思想精神营养。许多精彩故事，都是你中有我、我中有你，相携而生，几乎难分彼此。近百年来，话剧、歌剧等戏剧样式到了中国，其核心仍然是需要讲好一个故事。故事之皮不存，其毛自无附着。今天，我们几乎到处都能听到一种呼吁：要讲好中国故事。这已经是一个泛故事的概念。作为戏剧这个靠故事安身立命的文艺创作样式本身，讲故事的能力就更需技高一筹。想想中国历史上的名剧《赵氏孤儿》《窦娥冤》《长生殿》《桃花扇》《牡丹亭》《西厢记》，哪一个不是因故事讲得撼天动地、精彩绝伦，而放射出了永久照耀历史、社会、生命、人性的精神与思想光芒。再拿西方的莎士比亚说，哪一部剧，不是一个能够口口相传的好故事。世界上那些久演不衰的歌剧如《卡门》《图兰朵》《阿依达》《茶花女》《悲惨世界》，更是在简洁中把一个个故事推向了经典位置。因此，故事永远是戏剧的命脉，而故事的本质是文学，文学是戏剧不可撼动的思想与精神灵魂。

戏剧一旦忽视了文学的力量，立即就会出现苍白的缺血资质。忽视文学的戏剧表现形式是多种多样的。首先表现在文本的粗糙上。故事编不圆，前后矛盾，不时出现叙述漏洞，有的甚至有比较大的硬伤。还有的，故事也编圆了，所有缝隙也抹平了，但就是故事缺乏异质光彩，哪儿都似曾相识，看了开头谁都能料定结尾。再有的，完全是新闻构件，当新闻性不再时，故事的魅力也丧失殆尽，与文学艺术压根儿没关系。还有一种时兴戏剧，专写地方历史名人，堆砌一些史料，编织一些放在谁身上都可以用的“强烈冲突”，却无法打开一个历史名人的心灵世界，让人在干巴枯燥中看满舞台上“拉洋片”。凡此种种，都是文本自身忽视文学力量的表现。

其次表现在，不注重对文本的思想诠释与精神升华，只过度强调外包装的作用，尤其是对舞台设计与声光电的倾心依赖。一些演出，就显得形式大于内容，很像是当下那些堂皇的商业包装，外壳精致无比，大而无当，内核却显出一副萎缩、干瘪、寒碜相。不适度的包装，是会破坏掉作品内在精神意象释放的。有时舞台上最重要的布景道具，可能就是一棵具有象征无穷生命力的树木，甚至是一株需要特别强调的小草，硬要弄出铺天盖地的森林、草甸来，反倒是把一种重要性遮蔽了。还有些大制作、大场面、群体舞的运用，让一些本来可以进入思考的段落，变得躁动不安、浮皮潦草起来，戏剧的思想感情和艺术张力，一如绘画、书法，很多地方是要通过留白来完成的。有些演出，炫目的灯光甚至全然屏蔽了表演，观众永远看不真切演员的脸面、表情，更遑论细微丰富的变化，戏剧的表演主体反倒成了客体，这同样会消解戏剧文学的力量。文学是人学，在戏剧舞台，“人”是通过演员来传情达意的，在这里，演员是中心的中心，一切不能为演员表演提供帮助的辅助手段，都是不可取的。

戏剧文学是舞台演出集体努力的方向，一切的一切，都是为了讲好故事，塑造好人物，让故事变得波澜起伏、情感跌宕交错，让人物变得立体圆融、生命丰富多彩。因此，呈现到这里的，无论是布景、道具、灯光、服装、音乐、动效，抑或是表演，都为讲好故事、塑造好人物而来，即使是歌剧这种以音乐与歌唱为主体的演出样式，戏曲这种“戏一半曲一半”的审美品格，也一切都是围绕着人物来展开音乐形象的。在戏剧舞台上，其实每个参与者，既是具体的导演、演员、作曲、舞美、演奏等艺术工种的分工，同时，也都是文学创作者，一旦哪个部门脱离了该剧的文学统摄，这个部门可能就出了艺术创作问题。因此，戏剧文学又不单指文本，而是指的这个剧统领故事、思想、精神情感的那个魂灵。

转一圈说回来，戏剧还是要在文学这个基础上下功夫，只有基础扎实，二度创作才可能飞升起来，一旦基础不牢不稳，二度创作发挥、增生、堆砌得越多，越会让作品的缺陷暴露无遗。主干肢体都呈现出病变与坏死迹象，穿上再华丽的衣服，涂抹上再炫目的指甲油，戴上再华贵的脚环、手链又有什么用呢？一切文学艺术都是以动人为前提的，动人的根本，就在于对所塑造对象性格、心灵的精准开掘与把握。舞台剧由于时间、空间与篇幅限制，对人物塑造的要求尤其需要单刀直入、性格显现快捷。因为你无法进行大量的巴尔扎克式的文字描写，只有通过精彩洗练的独白、对白、旁白、咏叹、宣叙、对唱、重唱、合唱，来完成人物的生命个性、故事的起承转合、思想感情的波澜起伏。每一句话，每一句唱，都须反复推敲打磨，尽量做到“一石三鸟”的内蕴富含，才是戏剧这种独特文学样式创作的要妙。一句话：由于长度的规制，戏剧文学创作，只能使劲压榨水分，拼命捞取“干货”，别无他途。当然，戏剧文学的根本，还是要扭结在对历史和时代的责任上，任何精致的戏剧文学，一旦脱离了社会责任，即使雕刻如精巧的鼻烟壶，也终不过是一种玩物而已。诸如《窦娥冤》《铡美案》《杨门女将》等这些几乎所有剧种都可以久演不衰的戏曲经典，就向我们深刻地昭示了这一点。

生活里有无尽的宝藏

——关于小说《装台》的创作

从最早开始写作，听到最多的创作经验谈就是：要有生活。也听人说，生活不是主要的，人天天都在生活中，哪里还能缺了生活，关键是思想，是眼光，是思维的角度，是写作技巧，是在世界文学经验中找到适合自己表达的方式。总之，都说得不一样。在自己，没有生活，几乎是一个字也写不下去的。真想写，技巧似乎也没有什么刻意，怎么表达快意、自我觉得确切，就怎么表达是了。相反，太在意技巧布局的部分，在意思考深度的部分，最后读来，反倒是显得隔涩、做作了。让真实的生活打动了自己的生活，自然流动起来，可能永远是诸多小说写法中不可或缺的一种。

我的写作始终比较杂，逮住什么写什么，确切地讲，只当过十年左右专业编剧，就做了团长、院长，再写作，就是业余性质了。人生一多半，几乎都在文艺团体生活，结合职业特点，舞台剧自是写得多一些，尤其是被诸多专家誉为“西京三部曲”的《迟开的玫瑰》《大树西迁》《西京故事》，至今都仍在舞台上存活着，有的已活过二十年，并有多个剧种移植演出，这是让我最感欣慰的事。在刚三十出头的时候，也赶热闹，写过电视剧，其中三十二集电视连续剧《大树小树》，央视一套播出后，还获得过“飞天奖”。但这种特别需要集中大块时间“熬鹰”的事，在有了行政职务后，就干不成了。只能写舞台剧，时间切割得再破碎，总有能坐到桌前敲点文字的时候，一个剧，毕竟也就三万来字。另外，也写过电影剧本，为电影、电视剧写点主题歌词什么的，散文写作，倒是没有间断，还出过《必须抵达》《边走边看》《坚挺的表达》等几本集子。到四十五岁的时候，突然十分强烈地想写小说，起因是在舞台剧《西京故事》的创作过程中，几乎让采访素材的百分之九十以上无处安放，这就让我对长篇小说这种囊括能力极强的艺术样式，有了“锥心”的向往。我就在无数个静夜，开始了这种样式的艰难尝试。

我在十七岁时，曾创作过一个短篇小说叫《爆破》，是写政府改河工程给小人物带来生存危机的。虽说发在一个叫《陕西工人文艺》的内刊上，但对一个业余作者的精神鼓舞是巨大的。也许小说创作梦想，就是由这篇不足一万字的《爆破》点燃的。若干年后，再续接这个梦想时，我是诚惶诚恐的，可心中郁结的那些人物与那团挥之不去的生活，又让我无法顾及自己没有创作过长篇的事实。好在，世界文学经典与当下国内文学热点，始终是我阅读生涯的一部分。我甚至有一个习惯，就是读了任何一部长篇，都要找到相关的评论文章，看别人怎么鉴赏，怎么批评。我也多次对编剧同行讲，不关注文学、历史、哲学，戏剧是搞不好的，它们永远是戏剧的母乳。正是这种持续关注，让自己在进入文学创作时，有了一种不太陌生的顺畅，五十万字的

《西京故事》，竟然在两年多的业余时间里，就完成了。人民文学出版社和太白文艺出版社联合推出，陈忠实、贾平凹还有著名文艺评论家吴义勤、李星都写了文章，给了很高的评价，当然，我也清醒地认识到，这是他们对一个“小说新人”的鼓励。总之，一部长篇处女作，是有了一个很体面的初嫁。

人是一个最害怕鼓励的动物，一鼓励，就会忘乎所以，就会一发不可收拾，《装台》这部小说的创作想法，本来还在《西京故事》之前，后来阴差阳错，竟然写到后边了。原因在，这些生活我太熟知，并且太多、太杂，觉得哪一块都有意思，可又不能把一个“浑毛猪”不加打理、切割地端上来，好长时间想写，但咋都理不出个头绪，写了很多片段，记了很多有趣的故事，却不能不混混沌沌地搁着。突然有一天，我的工作变动了，完全从文艺团体走了出来，那些生活与我一下拉开了距离，许多事情反倒面目清晰起来，人物就开始蠢动了。

我清楚地记得，在我离开生活了好几十年的文艺团体时，突然有一种忍不住要独自怆然泪下的感觉。那是一种撕裂感，觉得自己的精神肉体，与这一块特殊的生存土壤，是刺啦一声，皮开肉绽地撕裂开了。

我的一切喂养，都靠的是这块土壤，尤其是这块土壤上生长的人，一种人们称之为艺术家的人群。我与他们朝夕相处，做同事，做伙伴，做朋友，相互砥砺、激荡，也相互雕刻、形塑。几十年下来，许多形象，已在我心中挥之不去地存活下来。作为一个写作者，我觉得这些形象、这些故事，是全都能入戏、入小说的，其丰富性，几乎够我受用终生了。

本来写这个群体的“角儿”，可能是最有故事的，但我工作过二十五年的那个大剧院，有四个演出团，七八百号人，主角来自大西北的成百个剧团，院史也极其独特，1938 年在延安成立，至今已有八十年历史，故事丰富得足以囊括大西北人情物理的方方面面。也许我离开他们的时间还有些短，距离还有点近，形象、故事，还都犹如雾中庐山，写作时，一提就是一嘟噜，无法删繁，无从简约，几次尝试，都像街边的杂货铺，已经摆得层层叠叠，压胳膊枕腿儿了，可还有许多要紧的东西，觉得没摆上去，因此，也就只好暂时放弃。可咋放弃，有一群人，还是总在我眼前晃悠，他们是这个群体以外的人，但又是这个群体不可分割的一部分，他们就是装台人。

所谓装台，对于这个行业以外的人，是需要解释的。自然舞台，永远就是那样空空旷旷的，可以行车走马，一旦演出，要在这个舞台上布置出一个故事的典型环境来，就需要装台。装台又分两大部分，一是布景，二是灯光。布景还分软景、硬景。软景就是那些用平布画的景，上面可能有楼房、山脉、村庄、宫殿，但却是可以折叠的，一叠起来，一包袱就可以提溜走。而硬景包括那些可以行走、运动、升降的平台、山峦、巨石等，一件是一件，有时一组平台就能装几卡车，有的甚至要装十几卡车，装在舞台上，也是要能力挺万钧的。现在舞台演出特别讲“创新”，讲“震撼”，内容创新不了，心灵震撼不动，就得上感官，有些演出，一组平台是要站上去百十号人甚至数百号人手之舞之足之蹈之的。不钢筋结构，不涡轮增压，岂能在掌声中精彩谢幕？灯光就更神奇了，什么花样都能变幻出来，照明已经是它的副产品，重要的，据说是为舞台铸灵魂。要为舞台铸造灵魂谈何容易，那层层叠叠、起起落落的神秘光斑、魔幻魅影，就需要大量的光源去支撑。而这光源，就来自数百只甚至上千只作用不同的灯光的化合勾兑，最终才能形成不知天上人间今夕何年的效果。而一只灯，有的重达百斤以上，这么大的劳动量，自然就在传统的三百六十行外催生出一个新的行业——装台。

过去的老戏楼，几乎不用装，有钱人家的戏台，本身就是雕梁画栋的，请一班戏来，所谓布景、道具，也就一桌、二椅、三搭帘，“搭”是桌椅的搭布，“帘”是门帘、床帏，为了表演，做些必要的遮挡而已。那时没有“装台”这一说。演一晚上戏，就一个“捡场的”，桌椅搬上搬下，床帏挪进挪出，有时还兼管着后台的服装、衣帽，业内叫大衣箱、二衣箱、三衣箱。后来开始演时装戏了，就讲究一点儿环境的真实，过去靠表演就能说清楚的进门、跳墙、织布、纺线之类的做工戏，都用实物代替了，进的是真门，翻的是真墙，织布机、纺线车也都是真材实料的能推能转，以至弄得越来越邪乎，有的演出，竟然把真驴真马真汽车真飞机都拽上了舞台，装台这一行，不火都不由人了。

其实最早装台，主要还是靠演出团体的自家人，乐队、演员、后勤人员一起动手，毕竟是搞艺术，不是搞建筑，不是搞各种水利、土木、机械、钢铁工程，局外人焉能染指。但后来舞台装置越来越像搞建筑、水利、矿山、木材、钢铁、机械加工，这些艺术家就不得不退位了，加上那活儿，已不需太多的艺术思维，只要照技术图纸这只“猫”，画出“老虎”就是，且基本都是重体力活，因而，就把一群特殊的装台人推到了前台。

因为工作关系，我与这些人打了二十多年交道，他们是一拨一拨地来，又一拨一拨地走，当然，也有始终如一，把自己无形中“钉”在了舞台上的。熟悉了，我就爱琢磨他们的生活。他们大多是从乡下来的农民工，但也有城里人，往往这些城里人就是他们的“主心骨”“洪常青”，当然，也有的，就成了他们的“吸血鬼”“南霸天”。别看装台是个小行当，可在一个文化的热闹期，这行当就被放大了，有时几乎到处都升起了吊着巨幅广告标语的气球，那气球包裹的中心，就搭建着一个又一个希望放大、放飞、炒红自己的舞台。因此，装台又不独指文艺演出的舞台；演员，也不都是靠演唱讨生活的职业演员，有的可能是企业家，有的可能是银行家，有的可能是政治家，有的还可能是出家人，连知识分子也多有魂不守舍的，由“素心”变“荤心”，由“斗室”进“道场”，反正都在表演，都需要一个十分抢眼的舞台。

装台人与舞台上的表演，完全是两个系统、两个概念的运动。装台人永远不知道，他们装起的舞台上，那些大小演员到底想表演什么，就需要这么壮观的景致，这么富丽堂皇的照亮？而舞台上表演的各色人等，也永远不知道这台是谁装的，是怎么装起来的，并且还有那么多让人表演着不够惬意的地方。反正上帝的归上帝，恺撒的归恺撒，装台的归装台，表演的归表演。两条线在我看来，是永远都平行得交汇不起来的，这就是我想写装台人的原因。

小说说到底是讲生活，他们在生活，在用给别人装置表演舞台的方式讨生活。他们永远不可能登台表演，但他们与表演者息息相关。当然，为人装台，其本身也是一种生命表演，也是一种人生舞台。他们不因自己永远处身台下，而对供别人表演的舞台持身不敬，甚或砸场、塌台、使坏；不因自己生命渺小，而放弃对其他生命的温暖、托举与责任，尤其是从来没有放弃过自身生命演进的真诚、韧性与耐力。比如刁顺子对大吊、猴子、墩子这些同事的生命呵护，对妻子、女儿、养女，以及大哥刁大军的责任与关爱。他小学没上完，就到菜地种菜看菜，后来又蹬三轮儿，后来又给人家装台。第一任老婆嫌他穷，活得窝囊、低贱，跟人跑了；第二任老婆挺好的，却得病去世了；第三任老婆蔡素芬，对他特别好，但因忍受不了他女儿的羞辱，当然还有别人的情感纠缠，也无奈出走了。一直靠诚实劳动安身立命的他，看上去的确活得很狼狈，甚至窝囊，但也活得很顽强，很自尊，很有底线。尤其是在艰难的生存环境中，他从来没有放弃自己作为人的“正形儿”——正是正派、正道、正大的正，形是形状、形态的形。他们永远不可能上台，但他们在台下的行进姿态是有着不容忽视的庄严感的，是有“正形儿”的。我在小说里多次写到蚂蚁的集体迁徙，那种行进状态，真的很庄严，很执着，甚至庄严、执着得令人感佩、动容。

我与他们中的不少人，都有或多或少的交流。尤其是当我准备写他们的时候，还有意与其中几位比较熟悉的进行了长谈，并且做了好多笔记。其实做不做笔记，意义已经不大了，如果想写点什么，在要写以前，才去找生活、记笔记，其实已经太晚了。记下的，也已不是生活的原浆。当别人摆开架势向你诉说时，多多少少都会变味，更何况你端着笔记本，还有个写作者的身份，你获得的，基本就是他离地三尺的“创作”了。经你再一加工，跟生活自是天远地隔。要写的东西，在我，是需要烂熟于心、化枣为泥后，才能下笔的。我二十几年跟他们混搭在一起，知道他们咋抬脚，咋动手，甚至咋用眼神，尤其是咋说话，包括语速、腔调、习惯，闭起眼睛也能想来，因而，写着也就觉得顺当、随心，几乎没有磕绊就下来了。

小说出来后，在我熟悉的圈子里，有人把顺子与生活中的一个装台人对应起来了。这个人叫朱东生，外号“生生”。十几年前，我第一次听别人叫生生时，就觉得这名字挺有意味的，大概有煮不熟、嚼不烂的意思。在陕西话里，生生，也有“生、愣、蹭、倔”的意思，还有做事“生猛”的意思。蔫不唧唧的朱东生，在我看来，与这些实在有点不太相符，但人们还是都要叫他生生，我问他谁取的名儿，他说那帮装台人取的，我问啥意思，他说能下苦、敢要“二”的意思，“二”在陕西话里就是“二杆子”。那年我要带一个团到浙江、上海、江苏演出，一天，布景道具刚装完车，一个十分瘦小的装台人走到我跟前说：“院长，我这回恐怕得去。”我问：“你谁呀？”旁边团上一个人说，这就是生生，老给咱剧院装台哩。我说：“你去干啥？”他说：“你看看，这都牛拽马不拽的，一车景装了大半天，出那么远的门，我听院长讲话说，这次演出还特别重要，没一根出力的杠子，去了恐怕连台都装不起来哟。可不敢把人丢到外头了。”那一阵儿，我倒真的觉得这是一个生生。我想，你算哪路神仙，也敢提出这样的要求，那时去南方巡演，除主演外，其他人都是挑了又挑，筛了又筛的，平白多出一个装台的来，是要多开支一笔钱的。我自然是没有同意。谁知在巡演过程中，舞台装置的确出了不少事，有些完全是责任心问题，我就想起生生来，由此，也就把他记住了。

生生下边有一支队伍，大概有几十号人，平常几乎包揽了西安城的大部分装台生意。那时，我们院里搞了一个“西安天天有秦腔”的演出，剧目换得特别勤，装台任务自然也十分繁重。剧团人基本就是干技术活儿或做装置指导，大量体力活就靠生生的队伍了。由于工作关系，我几乎每天都能碰上他们几面，我的办公室在三楼，旁边就是一个团的库房，他们会把东西从我门口背上背下。办公室的后窗户，正对着后台进出口，所有装台人进舞台时，会在这里做些工作安排，装台中间，会出来在这里透透风，抽根烟，吃点东西，撂些杂嘴，结束时，也会在这里做些总结。有时在舞台里边吵起来，也会到这里大打出手，或者化解调停，总之，这是一个对装台人最佳的“观测点”，很多精彩故事、精彩语言，都是在这里不经意捕获到的。

装台这个职业的苦累，是一般人难以想象的。他们把自己叫“下苦人”，我觉得是最准确的定位。他们总是把日子颠倒着过，晚上整夜装台，白天困乏得满地乱卧乱躺。生生的躺法给我印象最为深刻，他大多是弓一样蜷缩在自己的三轮车上，头倚车帮，用双手交叉做枕，脚跷在车厢外，是二郎腿状，眼睛上有时会盖只手套，嘴大张着，鼾声舒朗，一任身旁走车过马。尽管多数时候他们是一脸的沧桑、艰辛和疲惫，可一旦醒来，揉了惺忪睡眼，搭起腔来，语言又是那么的生动、俏皮、睿智，介乎生活与艺术之间，要不是熟悉他们，你几乎不相信这些话是从他们嘴里说出来的。我在他身上汲取了一些素材，但生生绝不是刁顺子，刁顺子也绝不是生生，比如生生的女儿就很孝顺，我小说里写的这个叫刁菊花的女儿，就十分地忤逆，她在用父亲的血汗钱发泄着出身的卑微，耗损着活着的无奈，这是别人的故事，我拿来嫁接在了一个叫刁顺子的人的身上。鲁迅不是说，他笔下的人物嘴在浙江，脸在北京，衣服在山西吗，这是人物塑造的需要,《装台》是小说,不是非虚构作品。我是黏合起了好多人的故事,最终才团成了刁顺子这样一个装台人形象的。

底层与贫困,往往相链接,有时人生只要有一种叫温暖的东西,即使身在底层,处身贫困,也会有一种恬适存在。最可怕的是,处身底层,容身的河床处处尖利、兀峭、冰冷,无以附着,再加上贫病与其他一些生命行进装备的胡乱组装,有时连亲人也不再相亲,儿女都羞于伦常了,更遑论其他。问题是很多东西他们都无法改变,即使苦苦奋斗,他们的能力,他们的境遇,也不可能使他们突然抖起来、阔起来、炫起来,继而让他人搭台,自己也上去唱一出体面的大戏。他们永远都不可能在森林里遇见连王子都不跟了而专爱他们这些人的美丽公主,抑或是撞上天天偷着送米送面、洗衣做饭、夜半飘然而至、月下勾颈拥眠的动人狐仙。他们只能一五一十地活着,并且是反反复复,甚至带着一种轮回样态地活着,这种活法的生命意义,我们还需要有更加接近生存真实的眼光去发现、去认同。总之,恐怕不能把他们统统都装进“哀其不幸,怒其不争”的筐里,让繁复的生命,都只剩下一股相同的霉味儿,其实这里的很多生命,又何尝不是鲜活的、光亮的,甚至是很有价值的呢?

无论写作时,还是写完后,我都还没有琢磨出更多的意义,只是因了那些不能忘却的生活储存与记忆。我眼前常常出现装台人装完台后,泄了气的皮球似的满世界乱躺乱卧的情景,还有那种背着东西上楼下楼的沉重画面,更有这些生命相互协作、照看,长久不离不弃的松散组织架构情态。仔细打问,每个人靠装台,都养活着一大家人,有一个装台人,甚至还供了两个大学生,只是我在《西京故事》里,已写了这样一个家庭,《装台》

不想再重复而已。我没有整块时间去梳理这些记忆，只能在晚上和节假日休息时间，去一点一点地接近他们，还原他们。最重要的记忆，有时真的是会涌流的。过后我想，关键是要有涌流的生活存储。从某种程度上讲，我是很信服柳青对创作与生活的认知方式的，没有生活，真是一个字也编不下去的。

眼下有一首很流行的歌，叫《时间都去哪儿了》，问得每个人都想把自己的时间再回刷一次屏。其实一个再忙的人，哪怕忘了吃饭、误了约会，都不缺交给心灵的时间。我觉得写作，就是肉身给心灵的思想汇报。记得几年前写长篇小说《西京故事》的时候，每天晚上六点下班后，就开始给自己汇报思想，直汇报到凌晨一两点，第二天上班反倒是清醒的。一晚上不汇报，哪怕九十点就上床，早上开会反倒打哈欠。早先看新闻，好像开会丢盹儿，在某个国家还是要拿大炮毙命的事体。可见清醒有多重要啊！一个人忙一天，晚上若能把精神盘存一下，当是再好不过的事情了。无论得意也罢，失意也罢，高兴也罢，不快也罢，能定期定时盘整回望，当更有助于明天后天那些惊人相似且带着轮回样态的生活面对。对于我，这个盘整就是写作。

业余时间，我喜欢把自己关起来，拧了反锁，拉了深色窗帘，让暗室只留一个光源，能照耀出一块仅够罩住两只伏案胳膊肘的光圈足矣。光圈以外的地方，越幽暗越好，目光止处，思想前行。写不下去了，我也会用一整星期重读一遍《悲惨世界》或《罪与罚》《卡拉马佐夫兄弟》《霍乱时期的爱情》什么的。待到出了门，所有的物质，包括人，都成了四个以上的多维影像。熟人见了，还疑似我目中无人了。读书与写作，对我是一种盘存，更是一种能孤独享用的快乐与休息，无论生活中，经历了多少无奈、伤害与精神痛楚，一旦进入写作，那些神经都会变得麻木起来，只有笔下的人物借我的躯壳不住地抖动着。有人说我总在为小人物立传，我是觉得，一切强势的东西，还需要你去锦上添花？即使添，对人家的意义又有多大呢？因此，我的写作，就尽量去为那些无助的人舔一舔伤口，找一点儿温暖与亮色，尤其是寻找一点儿奢侈的爱。与其说为他人，不如说为自己，其实生命都需要诉说，都需要舔伤，都需要爱。

其实《装台》写完后，我并没有多少信心，虽然自己敝帚自珍着，但这种生活对大多数人来说，毕竟是陌生的。我先后找了几个人看手稿，得到的反应也不尽相同。有鼓励的，肯定得特别到位，也有担心的，怕行业太生僻。甚至连“装台”两个字，看完了小说，也说不到一起，或称“台装”，或称“舞台”。新华词典与百度里，也搜索不出这个词组来。再后来，著名文学批评家李敬泽来陕西讲学，我让一个朋友托付他看一下，那时我跟他并不相识，谁知几个月后，我在北欧的一个小岛上正看生锈的大炮，接到了他的短信，对小说不仅充分肯定，而且还写了一篇文章，随后，就分几段式，发在了我的短信里。看完文章，我很激动。一个写作者，得到了自己所信服的批评家的肯定与鼓励，那种激动可以想见。北欧那几天是极昼天气，几乎二十四小时天空透亮，在我，更是景色时时处处都宜人了！随后，小说在作家出版社推出，有更多的文学大家给予关注，并不吝文字评说推介。随后，小说进入了2015中国小说排行榜，再随后，又荣幸入选“2015中国好书”。在中国作协和作家出版社为《装台》召开的座谈会上，作家出版社总编辑黄宾堂说，《装台》六个多月印刷七次，发行过十万册。 我心里始终悬着的一块石头，这时总算落了地。

我是一个编剧出身，最害怕的，就是写了戏，上演后没有观众。 小说写作，我想是一样的，毕竟是喜欢有更多的人翻看。如果说“生僻”的《装台》能够让读者接受，我想，最重要的，还是得力于生活的恩赐，如果没有几十年的文艺单位生活积累，没有对装台人的生命触碰，我是怎么都编不出《装台》这样的小说的。 毛姆说：“在我看来，很多作家根本不观察生活，而只是从他们幻想的很多形象中，依现有的样子创造出他们的人物来。他们就像是根据对古董的记忆绘出图案的绘图员，从来不试着去画活生生的模特。 他们充其量也只能给心中的幻想以似是而非的形状而已。 我一直是根据活生生的模特进行创作的。”生活中永远有最精彩的故事、精彩的细节，只是等待着发现的眼光而已。 从这个角度讲，作家要写熟悉的生活，这个话题永远没有过时。 尤其是自己的创作实践，几乎每一步都在证实着：生活才是创作的无尽宝藏。

《主角》后记

我写了半辈子舞台剧，其实最早也写小说，写着写着，与戏染上，就钻进去拔不出来。后来还是一个叫《西京故事》的舞台剧创作，因到手的素材动用太少，弃之可惜，也是觉得当下城乡二元结构中的许多事情没大说清楚，就又捡起小说，用长篇那种可包罗万象的尊贵篇幅，完成了《西京故事》的另一种创作样式。写完《西京故事》，得到不少鼓励，我就又兴致盎然地写了十分熟悉的舞台“背面”生活《装台》。出版后，鼓励、抬爱之声更是不绝于耳，我就有些手痒，像当初写戏一样，想“本本折折”地接着写下去。其实在好多年前，我就想写一个唱戏的“角儿”，不过不叫“角儿”，叫《花旦》。都写好几万字了，却还拉里拉杂，茫然不见头绪。想来实在是距离太近，有点“不识庐山真面目”：提起来一大嘟噜，却总也拎不出主干枝蔓，也厘不清果实腐殖。写得兴味索然，也就撂下了。终于，我走出了“庐山”，并且越走越远，也就突然觉得是可以捋出一点关于“角儿”的头绪了。

我在文艺团体工作了近三十年，与各类“角儿”打了半辈子交道，有时一想起他们的行止，就会突然兴趣盎然。甚至有一种生命激扬与亢奋感。有一天，一个朋友突然给我发来一段微信视频，是一个京剧名角，在演出《智取威虎山》中的一段准备工作："杨子荣"在镜前补妆，几位服装师正为他换行头。而此时，雄壮的"打虎上山"音乐已经奏响。圆号那浑厚有力的鼓吹，全然绷紧了前台后场的情势。可给角儿换装、抢装的工作尚未完成。当虎皮背心、腰带、围脖、帽子、胸麦全都装备到位后，只见角儿极其从容地呷一口水，润了润嗓子，音响师就恰到好处地将话筒递到了他嘴边。"杨子荣"一边整装，一边抬头挺胸地唱起了响遏行云的内导板："穿林海，跨雪原，气冲霄汉——"那是一个十分精美漂亮的甩腔。唱完后，舞台上的锣鼓点已如"急急风"般地催动起来。只见角儿猛然离座，大步流星地向前台走去。直到此时，其实打扮角儿的工作还在继续：服装师边走边帮他穿大衣；道具师趁空隙给他手中塞上了马鞭；当他走到上场口时，一切才算收拾掇饬停当。而此时侧幕条旁，还有舞台监督正在迎候。音乐在战马嘶鸣中，进入到了最激越的节奏。只见舞台监督双手十分亲切地朝他肩头按了一下，既像镇定、爱抚，也像出场指令，更像一种深情相送。"杨子荣"便催马扬鞭，英气勃发地走向了灯光曝亮的舞台。立即，观众掌声便如潮水般涌了上来。整个视频仅两分钟，但却把舞台"一棵菜"艺术的严谨配合，展示得淋漓尽致。这是一连串如行云流水般的协同动作。一个团队，几乎像打扮女儿出嫁般地把主角体贴入微、天衣无缝地送上了前台。那种默契与亲和，以及主角自顾不暇，却又从容淡定、拿捏自如的做派与水准感，看后让人顿生敬畏与震撼。而这样的幕后工作，我经历了几十年。因此，在写《主角》时，几乎常常是一泻千里般地涌流起来。并且时常会眼含热泪，情难自抑。

角儿，也就是主角。其实是那种在文艺团体吃苦最多的人。当然，荣誉也会相伴而生。荣誉这东西常遭嫉恨怨怼。因而，主角又总为做人而苦恼不迭。拿捏得住的，可能越做越大，愈唱愈火；拿捏不住的，也会越演越背，愈唱愈塌火。能成为舞台主角者，无非是三种人：一是确有盖世艺术天分，“锥处囊中”，锋利无比，其锐自出者；二是能吃得人下苦，练就“惊天艺”，方为“人上人”者；三是寻情钻眼、拐弯抹角而“登高一呼”、偶露峥嵘者。若三样全占，为之天时、地利、人和。既有天赋材质，又有后天构筑化育，再有强者生拉硬拽、众手环托帮衬者，不成材岂能由人？可主角是何等稀有、短缺的资源，是甚等闪亮、耀眼的利诱，岂容一人独占、独享、独霸乎？因而，围绕主角的塑造、争夺、捧杀，便成为永无休止的舞台以外的故事。

成就一个角儿真的很难很难。现在的影视艺术，倒是推出了不少不会演戏，却因颜值与绯闻而大红大紫、大行其道者。可舞台艺术，尤其是中国戏曲，要成为一个角儿，一个响当当、人见人服的角儿，真是太难太难的事体。一拨百十号人的演员培训班，五到七年下来，能炼成角儿者，当属凤毛麟角。有的甚至“全盘皆废”，最多出几个能演主角的二三类演员而已。这么难产的艺术，却因传媒与网络时代无孔不入的挤对，而呈现出更加萎缩、边缘的存活态势。因而，出角儿也就难乎其难了。尽管如此，中华大地上数百个剧种，还是有不少响当当的角儿，在拔节抽穗、艰难出道。因而，戏曲的角儿不会消亡，他将仍是一个值得长久关注的特殊行当。更何况，角儿，主角，岂是舞台艺术独有的生命映像？哪里没有角儿，哪里没有主角、配角呢？

我在陕西省戏曲研究院担任过二十五年专业编剧，还交叉任职过十几年团长、院长。这是一个大院，有自己的创作研究机构，还有四个剧种各不相同的演出团。六七百号各类吹、拉、弹、唱、编、导、画、研人才，几乎都把腮帮子鼓多大，在这里日夜吹响着“振兴秦腔”的号角。我任院长的十年，刚好陪伴着一百多位戏曲孩子，走过了他们从儿童到少年、再到青年的成长历程。孩子们从平均年龄十一二岁，长到二十一二岁，我就像看着一枝枝柳梢在春风中日渐鹅黄、嫩绿、含苞、抽芽、发散，直到婀娜多姿，杨柳依依，几乎是没漏掉任何一个成长细节。不能不交代的背景是：孩子们一脚踏入这个剧院时，21 世纪才刚开启三四个年头。外面的世界，几乎是被“全民言商”的生态混沌裹挟着。任院墙再高，也难抵挡“急雨射仓壁，漫窍若注壶”的逼渗。可孩子们硬是在相对封闭的环境中，每日穿着色调单一的练功服；走着与时代渐行渐远的“手眼身法步”；演唱着日益孤立无援的古老腔调；完成了五年堪称艰苦卓绝的演艺学业。他们的毕业作品是《杨门女将》。当平均年龄只有十六七岁的一群孩子，以他们扎实的功底、靓丽的群像，演绎出一台走遍大江南北，甚至欧洲、北美、亚洲、港澳台地区都饱受赞誉的大戏时，我不能不常常用“少年英雄群体”来褒扬他们的奉献牺牲精神。说他们是“少年英雄”，其实一点都未拔高。在最离不开父母时，他们撕裂了父爱、母爱；在最需要关心、呵护时，他们忍受着钻心的痛疼与长夜寂寞，让濒临失传的绝技，点点走心上身。尤其让人感动的是：在官贪、商奸、民风普遍失范时，他们却以瘦弱之躯，杜鹃啼血般地演绎着公道、正义、仁厚、诚信这些社会通识，修复起《铡美案》《窦娥冤》《清风亭》《周仁回府》这些古老血管，让其汩汩流淌在现实已不大相认的土地上。以他们的年岁，本不该牺牲青春，去承担他们不该承担也承担不起的这份责任。但他们却以单薄的肩膀、稚嫩的咽喉，担当、呼唤起生命伦理、世道人心、恒常价值来。他们不是英雄谁是英雄？

在我读过的书里，常记忆犹新的，有斯托夫人《汤姆叔叔的小屋》里的那个白人女孩儿伊娃。她就担当了她本担负不起的解放黑奴的责任。斯托夫人并没有把她写成一个解放者。而是用天使一般润物无声的善良、无邪、爱心，让她身边所有人，都感知到了被温暖与融化的无以匹敌的人性力量。

长期以来，我就有书写戏曲艺人成长的萌动与情愫。尤其是不想放过他们的童年与少年时代。因为他们在这个时代就已开始了一种叫担当的传播活动。尽管这种担当于他们并非是一种自觉。可客观效果，已然是了。终于，《主角》要开启这种生活了。我是想尽量贴着十分熟悉的地皮，把那些内心深处的感知与记忆，能够皮毛粘连、血水两掺地和盘托出。因为那些生活曾经那样打动过我，我就固执地相信，也是会打动别人的。

《主角》的主角叫忆秦娥。1976 年她出场时，还不到十一岁。姐妹俩，她排行老二。父母亲更希望她们能招引来一个弟弟，因此，姐姐取名叫来弟，她叫招弟。招弟对上学兴趣不大，上完学还得回来放羊，倒不如早早回家放羊算了，她想。论条件，县剧团招收演员，是应该让她姐去的，她觉得她姐比她漂亮、灵醒。 可家里觉得姐姐毕竟大些，还有用场，就硬是把她送了去。 她舅胡三元是剧团的敲鼓佬，觉得外甥女唤招弟太土气，就给她改了第一次名字，叫易青娥。 这个名字，也是因为省城剧团的大名演叫李青娥，才照葫芦画的瓢。 后来，易青娥还果然出了名，又被剧作家秦八娃改成忆秦娥了。 也许是这个名字耳熟能详，又有点意思，忆秦娥竟然从此就爆得大名，一步步走向了“塔尖”，终成一代“秦腔皇后”。

如果仅仅写她的奋斗、成功，那就是一部励志剧了，不免俗套。 在我看来，唱戏永远不是一件单打独斗的事。 不仅演出需要配合，而且剧情以外的剧情，总是比剧情本身，要丰富出许多倍来。 戏剧在古今中外都被喻为时代的镜子。 而这面镜子也永远只能照见其中的某些部分，不是全部。 仅仅伴随着戏剧而涌流的生活，就已包罗万象，丰富得不能再丰富，更何况其他。在写作《主角》的过程中，我现在任职的单位陕西省行政学院，恰好邀请著名作家王蒙先生来讲文化自信。 当得知《主角》正在孕育时，他只一个劲地鼓舞：“要抡圆了写。 抡得越圆越好！”这话在他读我《装台》后，也曾几次提到，说“刁顺子抡圆了”。 我就在反复揣摩先生“抡圆了”的意思。 后来，因其他事，我跟先生通电话，先生说他正在看《人民文学》上的《主角》节选版，“看得时哭时笑的”，并说他还几次站起来，研究模仿了主角忆秦娥总爱用后脚尖踢前脚跟的动作，觉得很有趣。至于“抡圆了”没，我没好打问。 总之，《主角》当时的写作，是有一点野心的，就是力图想把演戏与围绕着演戏而生长出来的世俗生活，以及所牵动的社会神经，来一个混沌的裹挟与牵引。我无法企及它的海阔天空，只是想尽量不遗漏方方面面。 这里是一种戏剧人生的进程，因为戏剧天赋的镜子功能，也就不可或缺那点敲击时代地心的声音了。

戏剧让观众看到的永远是前台，而我努力想让读者看幕后。就像当初写《装台》，观众看到的永远是舞台上的辉煌敞亮，而从来不关心也不知道装台人的卑微与苦焦。其实他们在台下，有时上演着与台上一样具有悲欢离合全要素的戏剧。同样，主角看似美好、光鲜、耀眼。在幕后，常常也是上演着与台上的《牡丹亭》《西厢记》《红楼梦》一样荣辱无常、好了瞎了、生死未卜的百味人生。台上台下，红火塌火，兴旺寂灭，既要有当主角的神闲气定，也要有沦为配角，甚至装台、拉幕、捡场子的处变不惊。我们是自己命运的主宰，但我们永远也无法主宰自己的全部命运。我想，这就是文学、戏剧要探索的那个吊诡、无常吧。

我的主角忆秦娥，其实开头并没有做主角的自觉与意愿。甚至屡屡准备回去放羊，或者给剧团做饭、跑龙套。对做主角，她是有一种天然怯场与反感的。但时势就那样把一个能吃苦的孩子，一步步推到了主角的宝座上。她时或觉得新鲜刺激，时或懵懂茫然；时或深感受用，时或身心疲惫；时或斗志昂扬，时或退避三舍；时或呼风唤雨，时或草木皆兵；时或欧美环球，时或乡野草台；时或扶摇直上，时或风筝坠落、头脸抢地。其命运与社会相勾连，也与大千世界之人性根底相环扣。你不想让生命风车转动，狂风会推着风车自转；你不想被社会声名所累，声名却自己找上门来，不由分说地将你五花大绑、吆五喝六地押解而去。她吃了别人吃不下的苦头，也享了别人享不到的名分；她获得了唱戏的顶尖赞誉，也受到了唱戏的无尽毁谤。

进不得，退不能，守不住，罢不成。总之，一个主角，就意味着非常态，无消停，难苟活，不安生。但唱戏总得有人当主角，社会也得有主角来占中、压台、撑场子。要当主角，你就须得学会隐忍、受难、牺牲、奉献。我的忆秦娥就这样光光鲜鲜、苦苦巴巴、香气四溢，也臭气熏天地活了半个世纪。

中国戏曲，虽然历史留下的是文本，但当下，却是角儿的艺术。好戏是演出来的。看戏看戏，戏是用来看的。要看戏，自然是看角儿了。但一个好角儿的修炼、得道，甚至“成仙”，在我看来，并不比蒲松龄笔下那些成功转型的狐狸来得容易。有真本事、真功底、真“活儿”的角儿，太是凤毛麟角了。而中国戏曲的巨大魅力，就来自这些苦苦修道者。唱戏需要聪明，但太过聪明，脑瓜灵光得眉头一皱，就能计上心来者，又大多不适合唱戏，尤其不适合做角儿，要做也是小角儿、杂角儿。大角儿是需要一份憨痴与笨拙的。我的忆秦娥要不是笨拙，大概也就难以得秦腔之道，成角儿之仙了。戏曲行的萎缩、衰退，有时代挤压的原因，更有从业者已无“大匠”生命形态有关。都跟了社会的风气，虚头巴脑，投机钻营，制造轰动，讨巧卖乖。一颦一蹙、一嗔一笑，都想利益最大化，哪里还有唱戏的“仙家”可言呢。一个行业的衰败，有时并不全在外部环境的销蚀、风化。其自身血管斑块的重重累积，导致血脉流速衰减，甚至壅塞、梗阻、坏死，也当是不可不内省的原因。

戏剧不是宗教，但戏剧有比宗教更广阔而丰沛的生命物象概括能力。宗教因了过度的萃取与提纯，而显得有点高高在上。戏剧却贴着大地行走：生老病死，宠辱荣枯，饥饱冷暖，悲欢离合，凡人情物事，不仅见性见情、见血见泪，也见精神之首，时时昂向天穹，直插云端。契诃夫说，少了戏剧我们会没法生活。俄罗斯人更是把剧院看作天堂，说那里是解决人的信仰、信念，以及有关善良、悲悯、同情、爱心问题的地方。我的主角忆秦娥，在九死一生的时候，也曾有过皈依佛门的念头。恰恰是佛门住持告诉她：唱戏更是度人度己的大功德。正是这份对"大功德"的向往，而使她避过独善其身的逍遥，重返舞台，继续起唱戏这种度己化人的担当。在中华文化的躯体中，戏曲曾经是主动脉血管之一。许多公理、道义、人伦、价值，都是经由这根血管，输送进千百万生命之神经末梢的。无论儒家、道家、释家，都或隐或显、或多或少地融入了戏曲的精神血脉，既形塑着戏曲人物的人格，也安妥着他们以及观众因现实的逼仄苦焦而躁动不安、无所依傍的灵魂。在广大农村地区，多少年、多少代人，可能都没有文化教育机会，但并不影响他们知道"前朝后代"，懂得"礼义廉耻"，这都拜戏曲所赐。戏曲故事总是企图想把历史演进、朝代兴替、人情物理、为人处世要一网打尽。因而，唱戏是愉人，唱戏更是布道、是修行。我的忆秦娥也许因文化原因，只知其然，不知其所以然地唱了大半辈子戏。但其生命在大起大落的开合浮沉中，却能始终如一地秉持戏之魂魄，并呈现出一种"戏如其人"的生命瑰丽与精进。唱戏是在效仿同类，是在跟观众的灵魂对话；唱戏也是在形塑自己，在跟自己的魔鬼与天使短兵相接、灵肉撕搏。

我十分推崇的小说家陀思妥耶夫斯基说过："长篇小说的主要思想是描绘一个绝对美好的人物，世界上再也没有比这件事更难的了。"写忆秦娥时，我也常常想到陀氏《白痴》里的年轻公爵梅诗金。陀氏说：“良心本身就包括了悲剧的因素。”梅诗金最大的特点，就是能理解和宽恕他人，以致让很多人以为他真是白痴。我的忆秦娥，倒不是要装出一副白痴相来，有时她也是真的憨痴，有时却不能不憨痴。她没有过多的时间精明，也精明不起，更精明不得。太精明，也就没有忆秦娥了。因而，陷害、攻讦、阻挠，反倒成为一种动力，而把一个逆来顺受者推向了高峰。我十分景仰从逆境中成长起来的人，周遭给的破坏越多，用心越苦，挤压越强，甚至有恨其不亡者，才可能成长得更有生命密度与质量。

写到这里，得赶快声明：小说纯属虚构，请勿对号入座。在小说前，我也十分落套地写下了这句话。无论忆秦娥与小说中的其他人物呈现出的是什么形象，都是虚构的，这点不容置疑。我还是要引鲁迅的那句话，他小说中的人物形象，往往嘴在浙江，脸在北京，衣服在山西，是一个拼凑起来的角色。不过我的忆秦娥因为是秦人，嘴就拼不到浙江去，脸也拉扯不上北京的皮。都是我几十年所熟知的各类主角的混合体而已。很多时候，自己的影子也是要混在里面摇来晃去的。从现在的生物技术发展看，这种人在未来，制造出来也似乎不是没有可能的。我写她，是时钟的敲击，是现实的逼催，是情感的抓挠，也是理想主义的任性作祟。我更希望从成百上千年的秦腔历史中，看到一种血脉延续的可能。很多人能做主角，但续写不了历史。秦腔，看似粗粝、倔强，甚至有些许的暴戾。可这种来自民间的气血偾张的汩汩流动声，却是任何庙堂文化都不能替代的最深沉的生命呐喊。有时吼一句秦腔，会让你热泪纵流。有时你甚至会觉得，秦腔竟然偏执地将中华文化生生不息的进取精神发挥到了极致。我的主角忆秦娥，始终在以她的血肉之躯，体验并承继着这门艺术可能接近本真的衣钵。因而，她是苦难的，也是幸运的，是柔弱的，也是雄强的。

我拉拉杂杂写了她四十年。围绕着她的四十年，又起了无数个炉灶，吃喝拉撒着上百号人物。他们成了，败了；好了，瞎了；红了，黑了；也是眼见他起高台，又眼看他台塌了。四十年的经历，是需要一个长度的。原本雄心勃勃，准备写它三卷，弄成一厚摞，摆在架上也耐看的。结果不停地被人提醒，说写长了鬼看，我就边撒网边提纲了。其实也能做成“压缩饼干”。但我却又病态地喜欢着从每早的露珠说起，直说到月黑风高，树影婆娑。在最后一遍修订《主角》时，得一机会去南美文化交流，因为有几场座谈，要做功课，我就用两个多月时间，把拉美文学与戏剧梳理了一遍，不仅复读了聂鲁达、帕斯、博尔赫斯、马尔克斯、库塞尼等早已熟悉的诗人、作家、戏剧家的作品，还带着略萨的《绿房子》和萨瓦托的《英雄与坟墓》上了路。除惊叹于拉美作家密切关注社会问题，以反映社会为己任的现实与现代感外，也惊诧着他们表达自己心中这个世界样貌的构图与技法。但拉美文学再奇妙，毕竟是拉美的。只有踏上那块土地，了解了他们的人文、历史、地理，才懂得那种思维的必然。在智利、阿根廷、巴西，几乎遍地都是涂鸦，一个叫瓦尔帕莱索的城市，甚至就叫“涂鸦之城”，“乱写乱画”“乱贴乱拼”得无一墙洁净。那种骨子里的随意、浪漫、率性，是与人文环境密切相关的。拉美的土地，必然生长出拉美的故事，而中国的土地，也应该生长出适合中国人阅读欣赏的文学来。从这个意义上讲，《红楼梦》的创作技巧永远值得中国作家研究借鉴。松松软软、汤汤水水、黏黏糊糊，丁头拐脑，似乎才更像我理解的小说风貌。当然，这些原汤、材质，一定得像戏剧一样地拱斗勾连、严密紧结起来。一场墙上挂枪，三场务必弄响，弄不响，我也是会把枪从窗口撇出去的。从出版家的角度讲，都是希望长篇短些再短些，尤其害怕多卷本，不好卖。说这年月，也没人有耐心看。可我又该锯掉哪条胳膊，砍掉哪条腿呢？抑或是剜去臀尖组织，削去半个嘴脸？我已然把三卷压成了两卷。再压，就算“自残”了。那段时间，我刚好犯了肩周炎，痛得就想把左“蹄髈”浑浑砍掉了事。如果这只“蹄髈”能替代小说的删节，我还就真豁出去了。

回顾创作《主角》近两年的日子，还真是有点感慨万千。要不是突然有了寒暑假，我还的确拿不下这大的活儿呢。我总是那么幸运，幸运得像上帝的宠儿，在最需要时间的时候，时间就大把大把地塞给了我。突然调到一个新单位，履职的第一天就放暑假了。我还诚惶诚恐地问办公室主任，这样一休几十天，不违规吗？他说学校放寒暑假，是天经地义的事。我就扑哧一笑，偷着乐呵地钻进了一个全然封闭的处所，泡方便面、冲油茶、啃锅盔地开始了《主角》的“长征”。

有时甚至写得有一种“沦陷”感。几十年的积累，突然在这个节点上，一下被搅动、激活起来，也就“抡圆”得一发不可收了。我不善应酬，工作之余，不懂任何眼色与关系的打理，只一头钻进书房，像捂着眼睛的瞎驴一样，推着磨碾乱转。一年多时间，唯一停下来的，是在大年初二到初四的三天。我不得不在这里啰嗦几句。那几天，几乎所有手机，都被一个打工者的横祸所刷屏。这个可怜人，新年也携着家人去了动物园。

他给妻、儿都买了看老虎的门票，自己却为省那一百五十元，而翻越四米高墙，生生葬身虎口。他若手头真的宽裕，又何必如此贱作卑琐呢？让人感到悲哀的是，他的死，不仅没有引起同情，相反还招来了一连串“死了活该”的逃票谴责。不少人倒是同情起了被枪杀的食人虎。纷纷对“虎哥”凭吊痛悼有加。我突然中止了写作，不知写作还有什么意义？那几天，我不断想到古老戏曲里那些有关老虎的情节。从来恶虎伤人，都是有英雄要舍身喊打的。怎么现在都站到“虎哥”一边去了？难道这真是一种生命平等、生态平衡的世纪觉悟？直到正月初五，我才又慢慢回到书桌前，努力给自己写下去寻找一点意义支撑：不正是因为人间需要悲悯、同情与爱，忆秦娥才把戏唱得欲罢不能吗？忆秦娥的苦难，忆秦娥的宽恕，忆秦娥的坚持，不正在于无数个乡村的土台子前，总有黑压压簇拥向她的人群吗？在中国古典戏曲里，英雄制止恶虎伤人，从来都是关乎“正义”“天理”的桥段。因此，数百年来戏曲的大幕总是能拉开。而拉开的大幕前，即使“燕山雪花大如席”，也都不缺顶风冒雪的看戏人。文学与艺术恐怕得坚定地站在被老虎吃掉的那个可怜人一边。最是不能帮着追究逃票者的责任了。我相信我的主角忆秦娥，如果由武旦改扮武生，是更愿意为这个弱者演一折《武松打虎》的。

小说写得长，后记话也多，打住，不说了。

2018 年 10 月再版记